追總裁的
宇宙侵略法
killer
繪者：白夜BYA

CONTENTS

楔子 005
第一章 007
第二章 047
第三章 101
第四章 151
第五章 201

楔子

他的身體被困住，動彈不得。眼前除了各種前所未見的儀器，還有冰冷的解剖檯，以及令人生畏的各種刀具。

看著這有如恐怖電影的場景，他只有一個想法——原來外星人真的會綁架地球人來解剖啊！

雖然此刻生死攸關，他卻沒有一絲害怕或緊張。

也許是因為眼前這個正摩拳擦掌、準備解剖他的外星人，雖然神情冰冷殘酷，卻流露一股莫名的性感，讓他非常興奮。

他露出笑容，有如發現獵物的狼。即便他自己才是獵物。

今天晚上好玩囉……

第一章

這座豪華飯店的花園通到一片山坡，飛颺集團總裁獨孤巖就半躺在山坡的草皮上，俯瞰著下方城市的燈光。

昂貴的西裝外套被隨意扔在草皮上，領帶鬆開，精心梳理的頭髮被風吹散，讓他看起來年輕了幾歲。

在月光的照射下，他犀利絕美的五官更加耀眼，而冰冷深沉的眼神彷彿可以穿透世上一切虛偽。

遠處的飯店傳來吵雜聲，顯然有一群人正忙著找他。

原本正在舉行他的二十九歲生日宴會，獨孤巖卻神不知鬼不覺地溜掉，宴會上想必是亂成一團。

獨孤巖不屑地冷笑。

無聊透頂。

每年都一樣，華而不實的宴會，裝腔作勢的娛樂表演，更別提那群自命不凡的客人，每句話、每個笑容都帶著滿腹的貪念，各自的企圖和目的。男人想盡辦法要奪取他的金錢和權力，女人千方百計想爬上他的床，嫁進他的家，再從他身上榨取金錢和權力。

第一次生日會時他還覺得看上流人士耍猴戲很有趣，但他很快就膩了。不止慶生會，他對很多東西都膩了。

雖然年僅二十九，他卻已經環遊世界兩次，事業版圖也遍及全球。世上沒有他不曾到過的地方，沒有他沒見識過的事物，更沒有他得不到的東西。

好無聊。

獨孤巖厭煩地歎了口氣。這個一成不變，愚蠢又無趣的世界無聊透了。乾脆像電影「ID4」一樣，來一批外星艦隊，把這世界的一切全炸掉算了。

這時，他敏銳的耳朵聽到了奇妙的聲音，彷彿是人在低語，但他聽不懂談話內容。這對精通十種語言的他來說可是大新聞。

那聲音很輕，卻充滿力道，又帶著一絲溫柔。隨著夜風飄進獨孤巖耳朵，讓他心跳加速，寒毛也豎直了。他從來沒有這種經驗。

獨孤巖跳了起來，開始尋找聲音的來源。

他走進完全沒有照明的樹林中，憑著高超的夜視能力摸索前進。有時聲音被風聲干擾，他就停下腳步，用直覺判斷方向，果然聲音越來越清晰，證明他的直覺是對的。

隨著距離拉近，獨孤巖越來越興奮：到底是誰在說話？

然後他看到了。

※

隸屬阿薩托帝國星際遠征軍第一軍團的偵察兵奈亞提，從藏匿於月球背面的母艦，順利地傳送到達地球。他很快找到最適合藏身的地方，是個連月光都照不進來的漆黑樹林，開始初步報告。

他把通訊器放在地上，通訊器立刻投射出一面光幕。光幕上出現他的上司，遠征軍指揮官，帝國皇太子亞弗的影像。

奈亞提恭敬地行了軍禮。

「一號偵察兵回報，已經抵達地北一（地球北部第一目標），隨時可以設立據點。」

「沒遇到什麼困難吧？」

「報告指揮官，一切非常順利。雖然在途中和幾個地球人接近，因為及時掩護沒有被發現。」

亞弗看著年輕有為的部下，讚許地點頭。「很好。」

他臉部光滑，豐沛的銀髮充滿光澤，乍看之下似乎和奈亞提一樣年輕，但是深沉的眼神和眉間微微的紋路，顯示他經過更長的歲月。

他在奈亞提現在的年紀被正式冊封為皇太子，當時奈亞提還沒出生。如今奈亞提已經成年，他還是皇太子。

「設備會馬上傳送給你，記得你的任務吧？」

奈亞提清晰地複述著：「第一，清查地北一區域內的所有軍事設施的位置，判斷地球軍的戰力。第二，調查地球人的科技水準；第三，解剖一名地球人，瞭解他們的身體構造和機能，並將解剖過程完整紀錄。」

這是他的第一次偵察任務。他向來是個優秀的戰鬥人員，但是要在完全陌生的星球進行戰前偵察的工作，比正式戰鬥更需要潛伏、隱匿的技巧，後援也較少，危險和刺激程度更高，只有真正的高手可以勝任。

這次奈亞提被亞弗親自指派偵察任務，天大的殊榮讓他雀躍不已，他暗紅的瞳眸熠熠生輝。

「這三件任務要在地球自轉兩次的時間內完成，沒問題吧？」

這麼重大的任務要在兩天之內做完，稍微有點常識的人都知道很困難。但是對奈亞提來說，亞弗就代表宇宙間唯一的「絕對」，他說的任何一句話，奈亞提都不會有半分質疑。

「屬下一定辦到！」

亞弗苦笑一聲：「你好歹抗議一下吧？這要求根本不合理。但是你也知道，為了應付上面的人，我們只好拚命了。」

「上面的人」指的自然是遠在母星的阿薩托帝國皇帝，亞弗的父親。

奈亞提知道皇帝父子關係向來緊繃，這回亞弗帶兵遠征，皇帝不斷從後方傳來嚴苛的要求，例如戰利品數量、種類，甚至還規定必須多久之內打下一顆星球，讓人忍不住懷疑，他是不是希望自己兒子一去不回。

「總之，為了用最快速度跟最少的消耗拿下地球，偵察作戰是最重要的一環。你從來沒讓我失望過，這回你、我和整個遠征軍的未來就交給你了。」

「是，指揮官！」

亞弗對他點頭，切斷了通訊。

※

這就是躲在樹林中的獨孤巖所看到的景象。

一個滿頭銀髮的男人，身上的衣服顏色和身後的樹林完全融合，如果不是地上一個圓盤狀物體射出明亮的光幕，映出他的身形，獨孤巖幾乎以為這人只有一顆頭浮在空中。

銀髮男人正專注地對著光幕說話，用獨孤巖聽不懂的語言。正是這個聲音，把獨孤巖引到這裡。

從獨孤巖的角度看不到亞弗，卻可以把奈亞提看得一清二楚。年輕的偵察兵個子比獨孤巖稍高一些，緊身的戰鬥服勾勒出他結實優美的肌肉線條，看得出來他很健康、敏捷，體力過人，那雙手八成可以徒手打爆一個成年男子。

他有光滑的古銅色肌膚，臉部輪廓很深，鼻梁挺拔，下巴線條堅毅，略長的銀髮在風中飄揚，整個人籠罩在光幕發出的光裡，竟有種不可思議的神聖感，彷彿神話中的戰神。

他薄薄的嘴唇緊閉時，神情十分冷酷，但此刻他的嘴微微張開，紅寶石般的雙眼深深地注視著光幕上的人影，眼中滿是毫不掩飾的仰慕。

這種視線獨孤巖見多了。從小到大，有無數的男女用這種眼神看他，對此他向來只覺得噁心，但是當銀髮男子用同樣的視線朝向他以外的人，卻讓他心中一陣躁動。

到底是什麼樣的人，能讓這個宛如戰神的男人變成仰望主人的小狗？

對話結束後，通訊器收回光幕，奈亞提拿起通訊器，開啟了「傳送」功能，再將它朝向旁邊的空地。

傳送器射出一道紫光，紫光盡頭出現一個小小的立方體。立方體一落地，就開始不斷地由內往外伸展擴張，最後變成約一個貨櫃大小。

立方體和奈亞提的衣服一樣有掩護偽裝，完美地融入環境。只有底部的兩盞綠色小燈隱約映出它的形體。這是阿薩托帝國的偵察用工作站，所有偵察工作需要的設備和武器都在裡面。

獨孤巖瞪大眼睛看著這一切，心臟幾乎要跳出胸口。

他的飛颺集團掌握著全球最先進的科技，所以他很清楚，眼前所見的一切絕對不是來自目前的地球技術。

也就是說，眼前的青年正是不折不扣的外星人。

他的願望實現了！外星人真的來了！這一定是上天給他的生日禮物！

強烈的感動讓他一時忘情，輕笑出聲。

這一笑立刻驚動了奈亞提。他想也不想，轉身拔槍朝笑聲的方向射出，獨孤巖就地一滾避開這一擊，身後的樹被光彈炸斷。

奈亞提沒想到居然有人能躲過他的槍，暗自吃驚。

獨孤巖心想再躲也沒用，舉起雙手站了起來，奈亞提才看清這名偷窺者的臉。

出色的體格，冷傲豔麗的臉孔，看來是屬於地球的上層階級。

不過奈亞提和所有的阿薩托星人一樣，認定阿薩托星以外的人種都是脆弱無能又骯髒的劣等生物，一點也沒把獨孤巖放在眼裡。

獨孤巖開口：「我就不跟你說什麼『歡迎來到地球』了，我不喜歡裝熟，而且我認為你不是來交朋友的。重點是，你應該完全聽不懂我說什麼吧？」

奈亞提確實沒聽懂，也根本沒在聽，而是被自己的思緒淹沒。

——身為偵察兵，居然連旁邊有敵人偷窺都沒發覺！我真是無能，應該在太子殿下面前自殺謝罪！

然而他自怨自艾的心情很快就消失，取而代之的是欣喜。

——第三個任務要解剖地球人，獵物居然自己送上門，完全不費力。看來我運氣不錯，這次作戰一定很順利。為了慶祝，現在就把這偷窺的傢伙大卸八塊吧！

獨孤巖看他先是一臉懊惱，隨即露出殘酷的笑容，心裡有了兩個感想：第一，原來外星人表情也這麼多，真有趣。

第二，他有危險了。

他稍微一動，奈亞提一槍射在他腳邊。

「再躲啊，看你能閃多快。」

獨孤巖當然聽不懂他的話，不過光看表情就能猜到意思。雖然處境危險，他仍然心情很好，朝著外星戰士露出豔麗的微笑。

「放心，我一點都不想逃哦。今天是我的生日，你是我的生日禮物，我怎麼可能丟下禮物逃走呢？我只是在考慮要怎麼拆禮物……」

話還沒說完，奈亞提的槍口射出一道光籠罩他全身，他頓時全身動彈不得，話也說不出口，笑容倒是還留在他臉上。

奈亞提哼了一聲：看你還能笑多久！

他按下另一個開關，工作站發射牽引光線，把他和獨孤巖吸了進去。

※

工作站裡乍看之下空無一物，四壁光滑如鏡，其實每一吋空間都有玄機。

奈亞提在牆上按了一下，牆上立刻出現數不清的畫面，不斷快速變換。這些是方圓一百公里內的探測影像，用來尋找軍事設施。另外一個黑色的視窗，則是用來分析影像內容，以判斷地球的科技水準。

獨孤巖興奮得全身發熱。

沒錯，這就是他想要的，全世界近百億人作夢都想像不到的景象，現在就活生生地出現在他眼前，這真是太美妙，太讓人激動了！

一張工作檯從地面浮起，檯子兩側各有兩隻機器手臂。其中一隻的末端是一截細管，另一隻是粗管，兩截管子都作用不明。另外兩隻手臂就比較容易理解，一隻是鑷子，另一隻是彎勾。檯子的四角各有一個容器。

獨孤巖立刻看出這些東西的用途。兩截管子大概會伸出粗細不同的刀具，用來切肉、鋸骨，鑷子和彎勾是用來剝皮和勾出內臟，角落的容器則是用來盛放血和器官。

至於即將被放到檯子上處理的材料，當然就是他本人了。

在這種要命的狀況下，獨孤巖仍然事不關己地想，每次看恐怖電影，變態殺人魔總是藏了滿滿一倉庫的肢解工具，用來嚇唬被害人，其實那些東西中看不中用只會積灰塵，髒得要命。還是外星人有效率，四隻機器手臂解決，乾淨俐落。是說這外星人似乎沒打算先殺死他，更不可能麻醉，所以是打算活切？口味真重呢。

奈亞提看到他的表情，蹙緊了眉頭，這傢伙死到臨頭居然還在笑？雖然他早知地球人是愚昧軟弱的生物，可沒想到會有人蠢到這地步。

但是，為什麼他心中閃過一絲不安？

阿薩托遠征軍向來戰無不勝，而每次戰勝後，解剖戰俘是例行公事。奈亞提已經參加過很多次，有時旁觀有時主刀。

對於解剖戰俘這件事，他的態度就是「認真、不能出錯」，對於戰俘，他從不曾有半分哀憐愧疚之心，更不會害怕血腥場面。

然而此刻，心底隱約有個聲音在警告他：**小心，小心……**

這俘虜在這種時候仍然笑得如此從容，活像掌握全局的不是奈亞提，而是全身被束縛的自己。這人要不是蠢到極點，就是厲害到極點。

奈亞提搖搖頭忽視這個聲音。沒事的，他只是因為第一次進行偵察任務就洩漏行蹤，心情受影響罷了。只要好好完成解剖，一切就會恢復正常。

不過是個地球人，有什麼好怕的？

他操縱牽引光線，準備把獨孤巖放上解剖檯。這時……

「喀答，喀答。」

獨孤巖的胸前發出了奇怪的聲音，讓奈亞提愣了一下。

原來地球人是會發出這種聲音的生物嗎？

忽然，獨孤巖胸前某個東西炸開，射出了極亮的光線，奈亞提瞬間被刺得睜不開眼，手一鬆，牽引光線消失，獨孤巖重獲自由。

奈亞提雖然還在眼花繚亂，身體已經自己動了起來，一槍朝獨孤巖的方向射去。可惜對手早已來到他身後，一把將他的手臂扭在背後，把他壓在解剖檯上，奈亞提的配槍瞬間脫手落地。

「真抱歉啊。」獨孤巖在他耳邊吹氣似地說著：「我從出生起，就天天面對綁架的威脅，所以從小學習各種武術，身上也一定會帶著防衛武器。難為你大老遠搬來這麼高檔的設備，還是抓不到我，實在非常遺憾。」

他胸前的鈕釦裝著的正是小型的閃光彈，雖然被牽引光線抓住，獨孤巖仍然使出全力，按下手中隱藏的遙控器，順利引爆。

奈亞提當然不可能乖乖束手就擒，用力一掙，掙脫了獨孤巖的束縛，轉身一拳朝他揮去，獨孤巖則飛快後退閃避。奈亞提直起身來，卻發現自己有些暈眩，雙腿發軟差點跌倒。

可能是因為有生以來第一次被俘虜反制，心中的震驚跟憤怒到達頂點，身體受到影響。他不再多想，伸手要撿槍，槍卻被獨孤巖一腳踢開。

以為徒手肉搏就有勝算嗎？奈亞提冷笑一聲，飛身上前，拳頭像雨點朝獨孤巖招呼過去。

獨孤巖早就知道奈亞提的腕力勝過他，所以絕不跟他正面衝突，而是迅速地閃避，繞到他的死角再趁隙攻擊。奈亞提則是一直打不到人，反而挨了他好幾下，氣得兩眼噴火。

奈亞提發現自己不知道為什麼，速度比平常稍微慢了些，力氣也出不來。

獨孤巖看準了奈亞提掉在地上的槍，一個翻身過去撿起朝他開火。奈亞提側頭閃過，光彈從臉頰擦過，留下一道紅色的血痕。

獨孤巖還沒來得及感歎，原來外星人的血也是紅的，血痕就消失得無影無蹤。

好強的癒合力！獨孤巖由衷讚歎。

奈亞提一腳掃來，踢掉他手中的槍，同時一個迴旋逼近獨孤巖，手掌抓向他的脖子。獨孤巖及時閃開，他只扯掉胸前的衣服。一個東西從獨孤巖領口掉了出來，是一塊寶石，帶點血紅的黃色光芒燦爛耀眼，顯然很高級。最奇怪的是，裡面有一只圓睜的眼珠。

奈亞提跟那眼珠的視線一對上，立刻頭暈目眩，身體晃了一下，體力瞬間被抽光。他勉強後退，靠在解剖檯上。

原來他之前會覺得力氣變小，不是因為情緒激動，而是被獨孤巖壓在檯上時，身體接觸到那塊寶石。

「那……那是什麼……」他氣喘不止，連話都快說不出來了。

「哦，你在看這個？這是我從小就隨身佩戴的琥珀墜子，是我家在歐洲的礦場挖出來的。很美吧，你喜歡嗎？」獨孤巖拎著墜子，氣定神閒地說：「這塊琥珀很特別哦，裡面不是小蟲子，居然是一顆眼珠，很奇怪吧？而且研究室分析了很久，都查不出是什麼動物的眼睛。還有人說是惡魔的眼睛，可是我到礦場住了三個月，一次惡魔也沒見過，真是太失望了。」

看到奈亞提臉色蒼白、氣喘吁吁，他故作好心地問：「你怎麼了？身體不舒服嗎？哎呀，該不會是對我的琥珀過敏吧？真可憐。」

奈亞提看他朝自己走來，伸手擋在身前，大叫：「不要過來！」

「你是叫我不要過去嗎？抱歉，不行哦。」獨孤巖逼近，臉上露出跟奈亞提之前非常相似的殘酷笑容，「我要拆禮物了。」

奈亞提想推開他卻使不上力，他被獨孤巖整個人按倒在解剖檯上。本以為獨孤巖想要反過來解剖他，這地球人卻不耐地推開解剖器具，自己爬上解剖檯，騎在奈亞提身上。

這姿勢讓奈亞提全身惡寒——他想幹什麼？

獨孤巖上半身前傾，臉幾乎貼在奈亞提臉上。強烈的壓迫感讓奈亞提別開臉，卻仍然可以感覺到他灼熱的視線盯在自己臉上，耳邊聽到他輕聲說：「這幅景象，我大概永遠也看不膩吧。」

奈亞提聽不懂，只顧大叫：「走開！噁心死了！」

隨即他倒抽一口氣，全身凍結了。

獨孤巖的手伸到他兩腿之間，開始撫弄著他的男性象徵。

「哦，原來外星人也有這個啊。嗯，形狀不錯，長度也很剛好。」

他戲謔般地把玩著奈亞提的重要部位，還不忘評論。

冰冷的恐懼和熾熱的怒火同時衝上奈亞提頭頂，他拚命掙扎，大叫：「你幹什麼？給我放開！」

但是他被獨孤巖牢牢壓住動彈不得，再加上那顆有如魔眼的琥珀，正垂在他眼前，更讓他力不從心。

「不用這麼生氣。你剛才不也想用刀子和鑷子跟我『親密接觸』嗎？現在換我好好研究你的身體，應該很公平吧。而且，」獨孤巖臉上勾起絕美的微笑，「我的做法有趣多了。」

說著，他一口含住了奈亞提的耳廓，由上而下，輕輕地啃咬著。

奈亞提反胃到極點，拚命想搖頭閃避，偏偏下顎被獨孤巖的手抓住無法轉動，只能任他舔個夠。好不容易等到獨孤巖的舌頭離開，他才從那噁心的觸感中解放。但更可怕的事隨即上演：戰鬥服的下半部不知何時已經被獨孤巖解開，一路褪到膝蓋，他的下肢完全處於無防備狀態。

獨孤巖的手開始摸遍他的下身，結實無贅肉的腰身，充滿彈性的臀瓣，接著來到最敏感的中心。

全身最隱私的部分讓人肆意玩弄，異樣的感覺讓奈亞提全身戰慄。

「住……住手！你這……下流東西，給我住手！你敢這樣對待阿薩托戰士，我一定會千百倍奉還給你！我要把你身上的肉一片片切下來塞進你嘴裡！住手！」

他寧可獨孤巖把他開膛剖腹，也不要忍受這種屈辱！

獨孤巖冰冷的眼睛居高臨下地看著他。「既然你癒合能力那麼強，玩得刺激一點應該也行吧？」

接著，他兩根手指毫不留情地刺入奈亞提體內。奈亞提痛哼一聲，直覺夾緊雙腿，但大腿被獨孤巖的膝蓋頂開夾不起來。他只能咬緊牙關，拒絕發出示弱的聲音。

獨孤巖的攻擊當然不會到此為止，他又加了一根手指，強硬地把緊而熱的小穴撐開。

奈亞提身為阿薩托星人，耐痛力是一等一的，但身體內部不像體表那樣強韌，他痛得滿頭大汗，身體繃得死緊，但這抗拒的反應只會讓獨孤巖更加興奮。

獨孤巖雖然常常被男性示好，卻總是興趣缺缺。當然他對女人也沒有多大興趣，只是偶爾需要發洩，事後總是不到一個小時就把對方的長相和名字忘得一乾二淨。曾經有一次，他想說對女人已經膩了，換男人嘗試一下，但一見到對方的裸體就興致全失，冷冷地把那人趕走。

跟他有同樣的性徵，卻處處比他差一大截，這樣的身體怎麼可能滿足他？

然而奈亞提不同。光是看他整齊的牙齒緊咬著薄唇，暗紅的雙眼惡狠狠瞪著自己的模樣，耳邊聽著他齒縫間漏出的喘息聲，就讓獨孤巖體內燃起熊熊烈火。

這樣還不夠。他這輩子從來不曾這樣激動，心裡只有一個聲音不斷吶喊：自己一定要占有這個人！

他抬起奈亞提的腰，往前一挺，實現了他的願望。

「啊啊啊!!」

奈亞提發出不成聲的慘叫。身體彷彿被熾熱的光劍插入，把他活生生劈成兩半。他瞬間眼前發黑，幾乎暈死過去。

獨孤巖也很痛，沒有潤滑的甬道非常緊，狠狠地咬住他。但他不在乎，這種痛居然給了他活著的感覺，這是前所未有的滋味。他用力抓住奈亞提的腰，一路推到底，然後開始前後律動，用盡全力蹂躪他的俘虜。

「呃……嗚！」奈亞提緊咬著嘴脣，不讓自己再發出慘叫，但脣縫間仍不斷漏出哀鳴。獨孤巖每一次頂入都讓他痛苦不已，全身血液和內臟幾乎都要併出身體。

他體內的皮膚在獨孤巖無情的凌虐下，很快便撕裂流血，混著獨孤巖的體液流下顫抖不止的腿。

雖然痛到連呼吸都快停止，他仍不肯服輸，放聲大罵著：「你這骯髒下賤的地球人、劣等生物，只會野合的禽獸，淫亂無恥……我們的大軍馬上就會攻過來，把你跟你的劣等同胞踩成肉……啊啊！」

獨孤巖用力一頂，他疼到連喊的力氣都沒了。

奈亞提雙眼刺痛，淚水隨著獨孤巖每一次衝撞溢出眼眶，但他用盡全力忍住不讓淚流下，仍舊惡狠狠地瞪著獨孤巖。不幸的是，他這副無助的凶惡表情，配上在長睫毛之間閃閃發光的淚珠，只是更加挑起獨孤巖的嗜虐心。

他咧出大大的笑容，「真是個快樂的生日啊！」隨即展開另一波更激烈的戳刺。

在令人暈眩的衝擊下，奈亞提看到了一個讓他全身凍結的景象。上方天花板正閃爍著小小的紅色燈光。

本應用來記錄解剖過程的錄像儀，把他受辱的狀況分毫不差地記了下來。

「不要啊啊啊！」他厲聲慘叫，隨即暈了過去。

※

向來安靜的太子寢宮外，忽然起了一陣騷動。

奴隸們擠在花園的側門邊議論紛紛，每個人都一臉為難。

一名寢宮護衛被驚動了，跑出來大罵：「幹什麼啊你們，大白天居然敢偷懶，找死嗎？」

「不是的，大人，我們發現……那個……」一名女奴怯生生地指向放在大樹下的一個東西。

那是包在毯子裡的嬰兒。顯然剛出生不久，還不知道自己已經被拋棄，正安詳沉睡著。

護衛一驚，隨即罵得更凶。「是哪個不要臉的女人，不但野合生下孩子，還把孩子丟在寢宮旁邊？」他指著眾奴隸大喝：「你們快說，是誰生的？」

眾人連連搖頭，「我們真的不知道啊。最近根本沒看到有人懷孕，一早起來就看到這個孩子了。」

「撒謊！除了你們這群賤種，還有誰會做這種骯髒事？不說是吧？沒關係，早晚會查出來。現在先來個人去把那個髒東西埋掉，快點！」

「髒東西」指的自然是那嬰兒。

在阿薩托星，未經許可誕生的嬰兒只有兩種下場：成為奴隸，或是一出生就被殺死。

這是理所當然的事，沒人覺得不妥。

一個奴隸抱起嬰兒，正準備執行這殘酷的命令時，寢宮的主人出現了。

「在吵什麼？發生什麼事？」

「啟稟殿下，只是一點小狀況，不值得您費心！」

聽完護衛的報告，皇太子亞弗招手要奴隸把嬰兒抱到他身邊，他仔細地打量一番後，做出驚人的決定，「這孩子就讓我來撫養吧。」

「什麼？」護衛驚得臉都歪了。「殿下，這怎麼可以呢？這種卑賤的野合之子，怎麼能讓他留在您的身邊？」

「我有預感，這孩子將來會成為偉大的戰士，我想親自培育他。」

「這怎麼可能啊！」

這話一出，心直口快的護衛立刻被亞弗凌厲的視線嚇矮了一截。

「你是說我錯了？」

「不不，殿下不可能會出錯，這小子將來一定會成為了不起的大英雄！」

亞弗從奴隸手中接過嬰兒。之前眾人大吵大鬧，嬰兒都沒有被驚醒，卻在此刻醒來，亮晶晶的大眼無辜地注視著亞弗。

亞弗笑了，對著嬰兒輕聲說：「你的名字，就叫做奈亞提。」

……對不起，殿下，我辜負了您。不但沒有成為偉大的戰士，反而被敵人打敗，遭到天大的羞辱。

我浪費了您的栽培，玷汙了您的名聲，我不配活在世上……

奈亞提在撕裂般的心痛中醒來，滿眼都是淚水。

一開始還有些茫然，隨即那羞恥的記憶上心頭，他猛然跳起，發現自己躺在一張舒適的四柱大床上，身上的戰鬥服換成了寬鬆的睡衣褲。

這裡是個寬闊的房間，裝潢是原木色調，品味高雅，洋溢著木頭的芬芳。

這裡照理說是個能讓人放鬆心情的房間，但此時的奈亞提當然放鬆不了，而床尾的那個人更讓他寒毛直豎。

獨孤巖斜倚在床尾柱上，身上穿著剪裁合宜的休閒服，一手拿著咖啡杯啜飲，顯得一派輕鬆愜意。

「早安啊。不對，午安，現在傍晚了。」

奈亞提翻身跳下床，準備一掌劈斷這下流胚的頸子，但手刀揮到中途力氣就沒了，只能靠坐在床邊喘氣。

獨孤巖微微一笑，伸手從套頭衫領口勾出一塊項鍊墜子，正是那顆魔眼。

奈亞提大罵：「卑鄙的懦夫，只會靠那種邪門東西取勝，你算什麼戰士？有本事把那玩意拿掉，光明正大跟我打一場！」

獨孤巖搖頭，指指耳朵表示聽不懂，隨即把一個東西丟給奈亞提。

那是阿薩托星的翻譯用耳機。

奈亞提心中一震。他可以想像獨孤巖趁他昏睡，已經搜遍整座工作站，到處亂摸亂碰，啟動開關找到耳機，這很合理。但是……他怎麼知道耳機有翻譯功能？應該只是亂猜的吧？

看到獨孤巖打手勢要他戴上，他強忍不安照辦。

獨孤巖的聲音傳進他耳中。「這樣應該聽得懂吧？這東西的翻譯功能應該是雙向的，要不要說幾句話？」

奈亞提心中惡寒，「你怎麼……」

獨孤巖拍手，「果然是雙向的！你真的帶了不少好東西過來呢，謝謝你囉。」又不是帶來送你的！奈亞提忍住到口的飆罵，問：「這裡是哪裡？」

「對了，我叫獨孤巖，你叫什麼名字？」獨孤巖完全無視他的問題。

「我問你這裡是哪裡！」奈亞提怒喝。

「而我問你叫什麼名字。」

「我為什麼要告訴你？」

「那好吧。回答你的問題：這裡就是這裡。」

那氣定神閒的語氣讓奈亞提恨得牙癢癢，活像他掌握了主導權一樣！

然而事實是，獨孤巖的確掌握著主導權。

「……我叫奈亞提。」他真想咬斷自己的舌頭。

「這名字感覺沒什麼個性呢，以後就叫你阿奈吧。」獨孤巖露出燦爛的笑容，「這裡是我的別墅，挺舒服的吧？」

這傢伙憑什麼亂改亞弗賜給他的名字？奈亞提憤怒到極點。

「你把我帶來這裡做什麼？要殺就快殺，不要拐彎抹角！」

獨孤巖的臉瞬間湊到他面前，雙眼深深地望進他眼中。奈亞提倒抽一口冷氣，連連後退。

「你真的以為我想殺你嗎？」

奈亞提全身惡寒。沒錯，這人對他毫無殺意，他想要的是……

前一天夜裡的種種瞬間又湧上心頭，讓奈亞提一陣反胃。傷口雖然癒合，但留在身體深處的感覺，只怕永遠不會消失。

他現在等於是戰俘，戰俘是沒有尊嚴可言的。

「離我遠點！」

他厲聲大叫，使勁拉開兩人的距離。

「聽好，我是阿薩托星遠征軍第一軍團，亞弗皇太子直屬特戰兵奈亞提，我們前來征服地球，讓你們跪倒在阿薩托的旗幟下。我雖然輸給你，阿薩托軍可沒有輸。你要殺就殺，別想羞辱我！不想死的話就快點殺了我，找地方逃命，否則等到我的同胞來救我出去，我一定會讓你死無全屍！」

「說到你的同胞嘛，」獨孤巖走到一座小櫃子前，拉開抽屜拿出一個東西。「這個紅點一直在閃光，應該是你的長官在找你吧？」

那正是奈亞提的通訊器，不斷閃爍著要求答覆的紅光。

這紅光對奈亞提有如希望之光，他放聲大笑。

「哈哈！你知道這代表什麼嗎？這次我的回報時限是地球自轉兩周，應該已經超過了吧？我出任務從來不會逾時回報，這回我一直沒消息，指揮官鐵定會發現已經出事，接下來就是遠征軍艦隊全體出動了！你以為你的星球擋得住阿薩托戰艦的砲火嗎？不要作夢了！母艦只要一砲，就可以把整個地球打成廢墟！你已經是死路一條了！哈哈哈哈哈！」

聽到這番恐怖的預告，獨孤巖的反應竟是露出美豔的笑容。

「好哦，太好了。」

「什麼……」奈亞提以為自己聽錯，或是翻譯機壞了。

「碰到你之前我正好在許願，希望來個外星艦隊把這個無聊的地球轟掉，才剛許完願，你就出現了。這絕對不是巧合，是我的願望實現了。你果然是上天送給我的生日禮物啊，太好了！」

奈亞提怔怔地看著他，強烈的恐懼竄入骨髓。

瘋了，這傢伙瘋了，再不然就是所有的地球人都是瘋子……

「啊，」獨孤巖忽然想到，「如果地球被炸成廢墟，那你的指揮官跟同僚不就看不到精采畫面了嗎？」

「什麼精采畫面？」奈亞提有種不祥的預感。

獨孤巖拿出一臺遙控器，朝牆上的液晶螢幕一按，螢幕立刻播出一段影片。影片由高處俯瞰的視角，映出獨孤巖不斷前後律動的背面，以及被他壓在身上，雙腿大張，一臉痛苦任他擺布的奈亞提。

奈亞提的腦袋差點炸開，「關掉，關掉！」

他發狂似地衝上前想搶回遙控器，獨孤巖很乾脆地關掉影片，把遙控器塞進他手中。

「送你。」

奈亞提狠狠地扔掉遙控器，揪住獨孤巖衣領。「你，你為什麼會有那種東西！」

獨孤巖覺得這問題很可笑。「機器是你的，當然要問你自己啊。不過你那臺攝影機真不錯，畫質一流，我公司的產品一比之下簡直是垃圾呢。」

奈亞提全身疼軟，幾乎站不住。一半因為激動，另一半是因為那塊魔眼就在他面前。他心念一動，擠出全身力氣，一把扯斷鍊子，使勁把魔眼扔到房間角落。

「現在看你怎麼辦！」

他一拳揮向獨孤巖腦袋。然而這拳並沒有打爆獨孤巖的頭，而是被輕鬆接下，隨即雙手被反扭在背後。

獨孤巖貼在他耳邊說：「你好像認為我是全靠魔眼才打敗你的，這真是天大的誤會。魔眼固然很重要，但是我這個人啊，絕對不會心存僥倖。來，你仔細看看周圍。」

奈亞提一開始根本不曉得獨孤巖要他看什麼。然後他看到了。四根床柱上都鑲著一圈黃澄澄的裝飾，而房裡的其他家具，窗框、畫框、置物櫃、書桌，也全用一顆顆豔黃的寶石鑲嵌，是琥珀。

「這間別墅呢，叫做琥珀山莊。聽名字就知道裡面滿滿的琥珀，而且全是跟魔眼同一個礦場挖出來的。那個礦場因為傳出無聊的傳聞，說什麼有詛咒之類的，琥珀賣不出去，我乾脆拿來裝潢房子。看來這些琥珀雖然不像魔眼那樣，會讓你嚴重過敏，仍然可以讓你脾氣好一點，買礦場花的錢真是太值得了。」

奈亞提把自己的嘴唇咬到快出血。這個地球上的每一件東西，都在跟他過不去！

獨孤巖放開他，撿起魔眼塞進口袋。

「剛說到哪裡？對了，影片。既然你的部隊快要來了，乾脆我就趁著地球被炸掉之前，先把那段影片傳給他們看吧？」

奈亞提驚懼不已。「不行！」

現在已經不是獨孤巖做不做得到的問題了。他在短短的時間內學會使用翻譯耳機和錄像儀，使用傳送機一定也是輕而易舉。

萬一真的被他把那段影片傳回母艦……

奈亞提全身顫抖。

他就算進了地獄也沒臉見亞弗！

「不能傳回去！絕對不行！」

「不然呢？」

奈亞提看著獨孤巖氣定神閒的表情，知道自己已經徹底敗北了。

「不要傳回去，我求你……」他一咬牙，兩行眼淚流了下來。「通訊器給我，我叫他們不要過來。」

※

奉命到地球探察的偵察兵幾乎都按時回到母艦赴命，只差一個人。

亞弗不斷地呼叫奈亞提都得不到回音，也查不到工作站的位置。正在焦急時，奈亞提的通訊器接通了。

光幕上的奈亞提穿著戰鬥服，背後隱約可以看到山谷，風很強，把他的銀髮吹得亂飛。讓亞弗吃驚的是，奈亞提的臉色非常差，彷彿生命力被吸走一半，眼睛浮腫，彷彿大哭過一場。

不可能。奈亞提不管遇到多麼痛苦的事都絕對不會哭的。

「殿下……指揮官，偵察兵奈亞提報告……」

「你到底怎麼了？為什麼拖這麼久？為什麼還不回來？發生什麼事了嗎？」

奈亞提的兩眼無神，有如兩個空蕩蕩的黑洞。

「指揮官，屬下……對不起您……我沒有臉再待在您麾下……」

「什麼？你有話好好說！」

「我，遇到了惡魔……」

這不算謊話，對奈亞提而言，他確實是撞上了不折不扣的惡魔。

「惡魔？」

「那個東西……智力很高，戰鬥力也很強，還會……邪術……我……屬下戰敗了……工作站和所有武器，都被奪走……」

亞弗眼前一黑。

偵察工作站裡不但有阿薩托星最先進的各式設備，還可以直接跟母艦連線獲取機密訊息，而母艦又跟其他船艦連結，工作站一落入敵手，等於整個艦隊門戶洞開。不過根據其他偵察兵的回報，地球的科技水準落後阿薩托星至少一百個地球年，地球人一時應該無法利用工作站攻擊母艦。

「好，我知道了。不過應該還能解決，我們先接你回來再想辦法。你現在打開傳送機……」

奈亞提搖頭。「屬下的傳送機故障了，連通訊都有困難，隨時會斷線。現在只能懇請指揮官，立刻撤退。」

「什麼？」亞弗跳了起來。「你知道你在說什麼嗎？」

阿薩托軍是絕對不撤退的！

奈亞提疲倦地點頭。「那名惡魔智力太強，已經……破解了工作站一半的功能。如果再不撤退，萬一他完全破解工作站，又把資料交給地球軍，我軍會非常危險。我求求您，放棄地球，先征服其他星球。」

「我們撤退了，那你呢？總不能留在地球吧？」

「屬下要跟惡魔決一死戰，以彌補我的過失。」

「既然要決戰，你回來把狀況講清楚，帶更多戰士一起回去除掉惡魔，不是更好嗎？」亞弗無法理解，「你是怎麼了？這不是你的作風啊。」

「對不起，我做不到。」奈亞提淚流滿面。「永別了，殿下。能在您的麾下效勞，是奈亞提一生最大的幸福……」

通訊切斷了。

「奈亞提！」

※

奈亞提看著斷線的通訊器，心如死灰。

這樣算是叛國嗎？欺騙長官要求撤退，這絕不是阿薩托戰士該做的事。

他站在房間的陽臺上和亞弗通訊，山莊是貼著懸崖建立，陽臺下方就是深谷。

其實他大可一翻身跳下陽臺，以他的癒合能力，只要不是頭部著地就不會死。只是他大概得不吃不喝在山谷裡躺上好幾個地球自轉，甚至公轉。而在他能動之前，那段影片早就傳遍阿薩托大街小巷了。

獨孤巖拿起通訊器，「辛苦了，你還真努力呢。」

「等等！」奈亞提叫住他，「把影片刪了！」

獨孤巖沒回答，徑自走進屋內，奈亞提跟了進來。

「地球的危機已經解決了，你還拿到那麼多阿薩托星的先進設備，你也該滿足了吧？把影片刪了，放我走吧！」

獨孤巖一臉遺憾。

「親愛的阿奈，我什麼時候說過『你阻止軍隊入侵，我就刪影片』了？那是你自己說的。你那些設備確實很高級，但我也可以還你啊。至於放你走，絕對不可能。」

「你……」奈亞提氣昏了，「你耍我！」

「是你自己不聽人講話好嗎？我剛剛就說了，我巴不得地球被你們炸掉。你們的軍隊來不來，跟我有什麼關係？不然的話，你現在再跟你長官聯絡，叫他們來征服地球吧。」

奈亞提全身發冷，他一生從來不曾如此恐懼。

惡魔。這個人真的是惡魔……

「那你到底想幹什麼？你不拯救地球也不要阿薩托設備，到底要做什麼？閒著沒事留戰俘有什麼用？放我走！」

獨孤巖失笑。

「誰說你是戰俘的？我又不是軍人。之前就說了，你是我的生、日、禮、物。難得收到喜歡的禮物，我怎麼可能退回去呢？」

奈亞提腦筋還沒動，身體已經意識到危險，先動了起來。

他一拳砸破窗玻璃，抓著玻璃碎片全速往獨孤巖衝過去，可惜還是被制住。

「一整天沒吃沒喝又被琥珀壓制，還有力氣攻擊我，了不起。」

獨孤巖讚嘆不已，再看奈亞提的手，雖然緊抓著銳利的玻璃片，卻毫髮無傷。

「不得了，看來地球上的武器傷不了你。老實說，以你的能力跟設備，一般的地球人絕對不是你的對手，可惜我不是一般人。」

他再次把奈亞提推倒在床上，自己壓了上去。深埋在奈亞提體內的恐懼瞬間湧出，他拚命掙扎，可惜徒勞無功。

「不、不要！」

「其實這不是你的錯，一降落就遇到我，你運氣實在太差。但是運氣也是戰力的一種啊。」

「你去死……嗚！」

奈亞提的嘴被獨孤巖的脣牢牢封住，沒出口的咒罵全成了哀鳴。

獨孤巖的舌頭在他口中大肆攻城略地，和他的舌頭不斷交纏著，過於親密的接觸讓奈亞提幾乎無法呼吸。

正當他打算一口咬斷獨孤嚴的舌頭時，卻倒抽一口氣，身體僵住了。下半身的重要部位被抓住了。富有技巧性的揉捏讓他下半身痙攣，拚命想踢開獨孤巖卻無能為力。嘴被堵住，連呼吸都有困難。

獨孤巖總算放開他，開始掀開他的戰鬥服。奈亞提激烈掙扎著。

「你夠了吧！只會依靠魔眼做這種骯髒事，你還算男人嗎？有本事跟我到沒有琥珀的地方，光明正大打一場！」

獨孤巖再度失笑，順手扯下他的長褲。

「這話就更奇怪了，裝備不也是戰力的一部分嗎？」

奈亞提無話可答，只能繼續抵抗。他的皮膚刀槍不入，卻對男人貪婪的愛撫舔吻毫無抵抗力，身體越來越熱，意識幾乎要在熱度中融化。

「嗚！」

獨孤巖的手指沾著微涼的液體入侵他的內部，不斷地擴張潤滑著。

奈亞提在惶恐中狂亂地想著：對啊，裝備也是戰力的一部分。為什麼他沒想過，地球上可能會有他應付不了的邪門東西呢？

為什麼他會先入為主地認定獨孤巖只是個軟弱無用，一推就倒的地球人呢？為什麼當他看到獨孤巖身處險境卻仍冷靜悠哉的時候，沒想到要提高警覺呢？

偵察兵的任務不就是要在戰前確實掌握敵方的能力，以免在戰場上誤判嗎？

他到底在做什麼？

不管獨孤巖有多下流奸詐，他贏了就是贏了。反觀奈亞提，就算真的是運氣不好，一落地就遇到最恐怖的地球人，但也無法抹滅他自己無能的事實。

「啊啊！」

獨孤巖再次貫穿了奈亞提的身體，撕裂了他。在劇烈的搖晃中，他還不時在奈亞提身上四處舔拭、吸吮、咬囓，留下自己的痕跡。

這些痕跡不到天亮就會消失，但是留在奈亞提心中的痕跡，永遠不會磨滅。

眼淚再度湧出眼眶。

殿下，對不起。對不起……

※

夜色已深，四柱大床上一片凌亂。

奈亞提躺在被褥中，全身脫力，也失去動彈的意志。

獨孤巖也覺得有點累了，自從溜出生日宴會之後，他整整一天一夜沒休息，體力再好也有限度。

他按了床頭的鈴，幾分鐘後，一名女僕推著餐車進來，在小桌上擺好食物和餐具，向獨孤巖微微鞠躬，又推著餐車出去，從頭到尾沒有看床上的奈亞提一眼。

獨孤巖起身。

「你一定餓了吧？吃點東西。」

奈亞提沒動。

「我寧可餓死，也不吃你家的髒東西！」

獨孤巖面不改色。

「好吧。如果你餓死了，我會負起責任，把你的屍體跟那段影片一起送回去給你家指揮官的。」

奈亞提抬頭惡狠狠地瞪他，獨孤巖報以一笑。他喜歡奈亞提這樣的表情。

「再說一次，你是我的生日禮物。不管是生是死，我都不會放你走的。等到你真正想通了這一點，我就會把影片刪掉。所以你還是吃點東西吧。」

奈亞提幾乎咬斷自己的牙齒，卻還是只能乖乖坐到桌前，伸手抓起一塊肉塞進嘴裡，一邊嚼著，眼淚不由自主地落下。獨孤巖放下手中把玩的刀叉——

「今天就給你一點空間，你自己慢慢享用吧，晚安。」

他走到門口，奈亞提抬頭，咬牙切齒地說：「你給我記著，我一定會殺了你！」

獨孤巖挑眉。

「好哦。」

他走了出去。

第二章

「總裁，總公司下個月的主要企劃，我已經傳送給您了，請過目。」電腦螢幕上，飛颺集團的營運長恭敬地說著。

獨孤巖從另一臺電腦上確認收到文件，嗯了一聲。

「另外還有今年年會的時程表。上次本集團主辦年會的時候，歡迎晚會是在飯店舉行，閉幕晚宴在您府上。今年是不是也照舊呢？」

「不，兩個都在飯店，今年我家不宴客。」獨孤巖說：「還有，我今年不出席年會。」

「什麼？」營運長大吃一驚，「總裁，這樣不行吧？我們是主辦單位，您卻不出席……」

「又怎樣？飛颺集團是那種總裁不在就撐不住的三流企業嗎？」

「當然不是，但是⋯⋯」營運長緊張兮兮地說：「您自從提前離開生日晚宴後就沒再露面過了，也沒人知道您的行蹤，大家都很不安，如果又不出席年會的話，可能會出現很多傳言⋯⋯」

「然後呢？你身為營運長，連幾個傳言都應付不了嗎？」

在他冷冽的目光注視下，營運長汗如雨下。

「不、不是的。總裁您以前也常搞失蹤⋯⋯不是，臨時去旅行，大家都習慣了。但是您從來沒有像這次這樣，從宴會中途離席，很多賓客都抗議，認為您很失禮。還有位大使說，這可能會造成外交糾紛⋯⋯」

「哦，意思是說，他們政府以後不買我們的武器了？其他企業也不需要我們投資合作了？」

「不，當然不是！」

「那你在緊張什麼？」獨孤巖往椅背上一靠，「如果有人追問，你就告訴他們三件事：第一，我還活著；第二，我還在辦公；第三，該出現的時候我自己會出現，無聊的廢話就省省吧。」

他說完就切斷了通話。

工作告一段落，他移到書房的沙發上閉目養神。

可笑，地球差點就被外星人占領了，這些人卻只會擔心那個無聊的年會，再不然就抱怨在生日宴上被放鴿子。

蠢死了，真是蠢死了。

年會又怎麼樣？此刻他說什麼都不能下山。

他不能把奈亞提獨自留在山莊裡。但如果帶他下山，不但他逃走的機會大增，萬一被人發現他是外星人就更糟糕，一定會有很多人想搶走他，不是做科學研究，就是趁機撈錢。

獨孤巖握緊拳頭——休想！奈亞提是他的，誰也別想把他帶走！

可以的話，他真想永遠留在琥珀山莊，永遠不要下山去面對那些讓人不耐煩的人事物。

這裡遺世獨立，環境清幽，山莊裡的工作人員也都很安靜，很識相，不會讓他心煩。而且……

忽然心中警鐘響起，獨孤巖一睜眼，只見奈亞提拿著拆信刀朝他胸口插落。

他及時抓住奈亞提持刀的手，隨即跳起來將對方手臂反扭，把他壓在沙發椅背上。

「看來地毯太厚也不好，刺客走路都沒聲音。」

他壓在奈亞提背上，兩腿間的硬挺抵著奈亞提的臀縫，有意無意地摩擦，那猥褻的觸感讓奈亞提掙扎著想逃離卻動彈不得，只好閉上眼睛。

「可是你是怎麼進來的呢？」獨孤巖煞有介事地推論著，「總不可能是假扮傭人吧？嗯，傭人早上七點打掃書房，我八點進來辦公，之後就沒離開過，所以你是在八點之前，等傭人打掃完後溜進來，躲在窗簾後吧？你把我的作息跟傭人的工作時間都摸得很仔細呢，不錯不錯。」

奈亞提咬牙切齒。「今天是我太心急，沒等你睡熟就動手，否則你早就沒命了！」

「你確定？身上殺氣那麼重，連冬眠的熊都會被你吵醒。」

他順勢舔了奈亞提的耳朵一口，很滿意地聽到奈亞提的驚喘聲。

「看你精神這麼好，顯然昨天晚上還不夠累，是我的錯。」他啃上奈亞提的脖子，「沒關係，現在補救還來得及。」

「不……」

抵抗再度失敗，奈亞提被他壓在沙發上享用。

※

獨孤巖心滿意足地起身。果然，只要有奈亞提在，他就不會無聊。

正在整理衣服時，背後傳來奈亞提厭惡的聲音。

「果然是靠交配繁殖的低等動物，整天只會發情，跟畜生一樣。」

他的辱罵只引來獨孤巖充滿磁性的輕笑聲。

「研究數據顯示，人的性慾跟智商成正比，我的外號是『天才中的天才』，需求大是很正常的事。」

他沒說的是，在遇到奈亞提之前，他已經過了很長一段清心寡欲的生活。不是在修行，而是沒興趣。他對這世界的一切都沒興趣，直到此刻。

「話說回來，難道你們不是用交配繁殖嗎？那你們怎麼生小孩？」他被勾起了求知欲，「難道是細胞分裂嗎？時間一到，小孩就從你膝蓋上長出來？啊，你們該不是用泥土捏出來的吧？」

奈亞提厲聲說：「不准侮辱我們！阿薩托星的生殖是很神聖的！只有經過篩選合格的公民才可以生育下一代。由國家挑選最優秀的男女基因配對組成胚胎，在培養槽裡培育成優秀的嬰兒，從頭到尾純淨無瑕。誰像你們這麼下流，不但要交配，還得從女人雙腿間擠出來！」

「哦，基因工程啊，真是高科技呢。可是你不覺得這樣很無趣嗎？而且性交也不全為生殖吧，性慾總是要發洩的。你身為軍人，下了戰場難道不需要好好快樂一下？」

「去你的！阿薩托人是戰神之子，我們的身體只為戰鬥而生，沒有比戰鬥殺敵更大的快樂！性慾那種下流的東西，跟我們沒有關係！」

獨孤巖更好奇了。

「真的？那要是有人不小心交配了怎麼辦？」

奈亞提冷冷地說：「野合者一律處死。」

獨孤巖這回真的驚訝了。

「還真是猛啊……等等！」他瞪大了眼，湊到奈亞提面前，奈亞提直覺後退，被逼得緊貼椅背，「也就是說，你在遇到我之前是處男囉？難怪那麼敏感。」

奈亞提全身血液湧到頭頂，「你講什麼鬼話……啊！」

性器被獨孤巖抓住，忽快忽慢地揉捏著。

「既然你們完全不使用，幹麼還長這東西？」

「住手……身體是神給的，你問我做什麼……啊！」

他呼吸急促，下半身被一陣又一陣的酥麻淹沒，才剛從激情中冷卻的身體，深處又燃起了火焰。他挪動身體想逃開，卻被獨孤巖的另一隻手牢牢釘住。

「果然啊，科技越發達的地方，宗教狂就越多。不過，這大概也是你這麼惹人憐愛的原因吧。」

獨孤巖手上持續著技巧性把玩，讓奈亞提氣喘連連，他眼前金星亂冒，身體裡的火焰越燃越烈，似乎全身都在熱氣中膨漲，漲到快要爆發的程度。

「啊……嗚……住手……」

奈亞提再也克制不住，噴發在獨孤巖掌中。他全身癱軟，彷彿靈魂也被抽出身體。

獨孤巖美麗的臉貼近他耳邊，輕聲說：「怎麼樣，骯髒的性慾感覺也不錯吧？」

奈亞提正想回嘴，卻因為剛套上身的衣服又被扯掉而全身顫抖。

「你，你也夠了吧！剛剛才……」

獨孤巖帶著殘酷的微笑著騎到他身上，胸前的魔眼閃閃發光。

「我知道，但是一想到你是處男，新的慾望又點起來了。沒辦法，誰叫我是性交繁殖生出來的低等產物呢？」

「住手……」

很遺憾，奈亞提照例落敗。

連著被侵犯兩次，奈亞提雖然連移動手指的力氣都沒了，仍然奮力爬起穿好衣服。他只想快點衝出書房，離獨孤巖越遠越好。

走到門口，聽到獨孤巖說：「我跟你打個賭，你們國家裡那些大人物，不管是國王、總統、首相還是國師，此刻一定至少有一人，正在床上跟人交配玩到樂翻天。」

奈亞提回頭狠瞪他。

「你憑什麼這麼說？你瞭解我們多少？」

獨孤巖優雅地微笑著，他赤裸的上身沐浴在窗口透進來的日光下，身邊罩著一圈淡淡的光暈，顯得更加精壯誘人。

「我跟阿薩托星人的星際互動雖然只有短短幾天，已經知道一件事。你們只有戰力、體力跟癒合力比我們強，其他地方跟地球人沒有什麼差別。地球上會發生的齷齪事，你們那裡一件也跑不了。」

※

奈亞提站在浴室裡，任由蓮蓬頭的熱水當頭淋下。

看著水流進排水孔，他希望自己也能溶化在水裡，一起流走。

已經快要受不了了。

他和獨孤巖達成協議，他可以在山莊裡自由行動，隨時出手暗殺獨孤巖。只要他成功，獨孤巖的手下絕對不會報復，只會刪掉影片乖乖放他走。

當然，如果他失敗，下場只有一個：接受「懲罰」。

這協議聽起來不怎麼樣，但他沒有別的選擇。

山莊裡到處是琥珀，他的力量只剩不到原先的一半，要殺死獨孤巖難如登天，但自由走動總比被關在房間好。

奈亞提知道跟獨孤巖正面衝突贏不了，他拆下檯燈的電線，在房門口埋伏，打算等獨孤巖一進房間就勒死他。但獨孤巖及時用單手護住脖子，另一隻手抓住奈亞提，給了他一記過肩摔。

而那根電線，就成了把奈亞提綁在床上調教的工具。

後來奈亞提在用餐時，趁送餐的男僕不注意藏起一隻叉子，在浴缸邊緣磨尖了收在懷裡，躲在走廊轉角等獨孤巖通過，準備朝他背後一箭穿心。

然而獨孤巖一轉身，用手上的文件夾打掉了叉子。接著奈亞提就被他壓在走廊牆壁上，玩了個痛快。

奈亞提一開始很困惑，為什麼獨孤巖好像可以預知他的行動，難道他有預知能力？後來轉念一想：這裡是獨孤巖的地盤，他不需要預知能力也可以知道！

仔細搜查後，果然發現他的臥室，和走廊上到處藏著監視器，他的行動完全逃不出獨孤巖的眼睛。而那該死的獨孤巖，就一面監看他籌畫必敗的暗殺行動，一面偷笑。

奈亞提發狂地把房間裡的東西砸得稀爛，然而過了幾個小時，房間就被一分不差地復原。

絕望了一個下午後，奈亞提總算振作起來重想對策。

他利用對獨孤巖作息的觀察和監視器死角，順利溜進書房進行暗殺，結果還是被獨孤巖抓個正著。

也就是說，不管有沒有監視器，他都贏不了。

奈亞提重重歎了口氣，把頭靠在牆上。

直到現在他才知道，什麼叫「人外有人，天外有天」。

為了蒐集更多地球人的資料，他強迫自己打開牆上那面螢幕，觀看地球的電視節目，所以現在他也有了一些地球的常識，例如自轉一周是一天，公轉一周是一年。

除此之外他也發現：地球人很無聊。

電視節目看來看去，全都是情侶一下子摟摟抱抱，一下子吵鬧不休，真是淫亂腐敗又愚蠢。

而地球人的戰爭簡直是笑話，無論武器或戰術都不入流，可笑至極。

他們也有很多描寫外星人的節目，全都把外星人幻想成奇形怪狀的醜陋生物，活像他們自己是宇宙間最高級最美麗的生物。

事實明明就是正好相反！

總而言之，拍攝這些節目和花時間看這些節目的人都是廢物。

值得安慰的是，這可以證明並不是所有地球人都跟獨孤巖一樣，有能力跟阿薩托戰士正面交鋒。只要打倒獨孤巖，征服地球就簡單多了。

但同樣不幸的是，他沒有找到任何對付獨孤巖的線索。

很明顯地，獨孤巖權力很大，而且非常富裕，在地球上的地位等同貴族。但是獨孤巖最可怕的武器是他的腦袋和敏銳的反應能力。他總是可以輕易看破自己的心思，奈亞提卻完全無法預測他的行動。

更可恨的一點，獨孤巖居然對阿薩托帝國的法律和文化大發議論，說得好像他很懂一樣。看到那副自信滿滿的笑容，奈亞提真恨不得一拳打爛那張臉。

然而他說對了。

亞弗就曾經撞見他的父親，哈斯特皇帝在寢宮和女人同床。所以亞弗寧可帶兵遠征，也不願留在皇宮裡面對他的父親。

「那個骯髒地方我待不下去了。」

奈亞提永遠忘不了，當亞弗說這句話時，臉上氣憤又失望的表情。

為什麼連堂堂的皇太子都只能忍氣保密的事，卑賤的地球人卻一語道破呢？

為什麼宇宙裡會有獨孤巖這樣的怪物？

每次一碰觸到獨孤巖那雙美麗銳利的眼睛，奈亞提心中湧起的除了憤怒，還有足以讓他全身麻痺的恐懼。而這恐懼總是會被獨孤巖輕易讀出，也更輕易地控制他。

偏偏這麼恐怖的人，手上還有那顆要命的魔眼。

奈亞提不知道魔眼到底是什麼，也不知道那東西為什麼會對他帶來這麼嚴重的影響。他只知道魔眼一天在獨孤巖手上，他就一天不能翻身。

他也想過其他的方案。不要對獨孤巖動手，直接把整座山莊連同影片、獨孤巖還有他自己，一把火燒得乾乾淨淨。但他才千辛萬苦在房間裡燃起一點火苗，防火警報立刻響起，冷水當頭淋下，澆熄了所有希望。

後來他仔細反省，要瞬間燒掉山莊，在房間裡燃起的火苗是沒有用的。最好的辦法就是逃出山莊，找到適當的武器從外側毀掉這裡。

然而山莊的大門是厚重的鋼製門，總是鎖著四道大鎖，體力被壓制的他自然打不開。而山莊的窗戶一半面對懸崖，跳下去的風險太大；至於朝著路的那一半，只要一靠近，立刻就會警鈴大響拉上鐵窗。

最重要的是，只要他的脫逃行動有任何一點閃失，影片就會立刻傳到阿薩托軍母船上。

打不贏，逃不掉，也不能死。只能困在這裡，一次一次地被侵犯，自尊和自信一點一點地崩壞。

只不過是想抓個地球人來解剖交差而已，為什麼會落到這個地步？

他搞不懂獨孤巖的想法。不要戰利品，甚至也不求戰爭勝利，卻對一個戰俘如此執著。

奈亞提是絕對不留戰俘的，每次都是解剖收集資料後就清理掉。他認識的阿薩托人之中，確實有不少以玩弄戰俘為樂，獨孤巖大概也是這種。

哦，他說了，不是戰俘，是「生日禮物」。

奈亞提苦澀地閉上眼。

打從遠征開始，一路上戰功亮眼的他，現在成了地球人淫逸取樂的玩具。為了洗刷「野合之子」的汙名，他向來比誰都努力，好不容易快要出人頭地了，現在卻背上更深重的恥辱……

奈亞提一拳一拳地搥著牆壁。

沒辦法了，只能死了。現在就去死吧，為了阿薩托戰士的榮譽殉身。在遭遇更大的恥辱之前，在自己的身心全面崩壞之前……

不！

他咬牙。現在死就等於認輸，阿薩托戰士的口號是「至死方休」。一定要戰到他斷氣為止，絕對不認輸！

他現在需要的是裝備，能夠抵消魔眼給他帶來種種不利因素的裝備。工作站……只要他能拿到工作站裡的裝備，任何一件，就可以把獨孤巖炸飛到地球大氣層之外，只要一件就好……

這時奈亞提心中一震。他確實有裝備！

最妙的是，由於獨孤巖還剩下最後一絲禮貌，浴室裡沒裝監視器，奈亞提可以在浴室裡做任何事。

他握緊拳頭，臉上露出獰笑。

獨孤巖，你給我等著！

※

這天用過晚餐後，獨孤巖照例來到奈亞提的房間。奈亞提站在陽臺上，望著黑暗的山谷，聽到他進房也沒有回頭。

獨孤巖走到他身旁。

「看夜景啊？真風雅呢。我想你應該不至於傻到跳下去吧。」

奈亞提沒有回答，也沒有轉頭看他。這是獨孤巖最無法忍受的事，他伸手用力抓住奈亞提下巴，硬把他的臉轉向自己。

「沒有月亮也沒有星星，你到底在看什麼？」

奈亞提沒回答，面無表情地看著他。

「提供你一點參考資料，你這樣叫做『欲拒還迎』，只會讓我更興奮，一點效果也沒有，所以你今晚還是逃不掉。」

「……」

奈亞提只給了他一個毫無善意的笑容。

「奇怪了，你平常不是很愛嗆我嗎？怎麼一聲不吭？」

獨孤巖開始感到疑惑。奈亞提這表情不像在冷戰，他從不冷戰。那別有深意的笑容，感覺像是在隱瞞某些事。

獨孤巖確認過監視器，奈亞提不是整天待在房間裡看無聊的電視劇，就是進浴室泡澡泡半天，沒有任何可疑的行動。

——不對，就是這樣才可疑。奈亞提怎麼可能沒有行動？

他在隱瞞什麼？感覺不像是不想說話，而是不能說。

為什麼不能說話？喉嚨受傷了？還是聽不見？

或者是……聽不懂？

為什麼聽不懂？不是有翻譯耳機嗎？

他心中一緊，等等……

這時奈亞提一掌朝他拍來，掌心貼著他的翻譯耳機。

獨孤巖在電光石火的一刻用力把他推開，自己往後一跳拉開距離，奈亞提衝向他又是一掌揮來，他腳一掃絆倒奈亞提，奈亞提的手直覺地往欄杆上一撐——

「砰！」

瞬間火花四濺，整座陽臺都晃了一下。大理石製的欄杆化成煙塵飛散，奈亞提被彈飛，撞上另一邊的欄杆，往後一翻栽出陽臺。

「阿奈！」

獨孤巖拚死命往前衝，在奈亞提墜入山谷前拉住他的手，咬緊牙關使出全力把奈亞提拖上陽臺。奈亞提除了手掌焦黑以外沒有傷痕，卻動也不動了。

阿薩托星的翻譯耳機，能夠連結使用者的聽神經與語言神經，迅速理解傳進耳中的所有語言，翻譯成阿薩托語，還能把使用者說的話轉換成外來語。

如此強大的運算能力，當然需要強力的能源。所以耳機內部有一個電池，體型迷你，電力卻足以電死一頭十公尺高的恐龍。

奈亞提利用泡澡的時間，拆開耳機變更線路後，耳機就成了強力電擊器。如果那一掌拍中獨孤巖，獨孤巖會立刻變成焦炭。

但因為沒中，所以只是讓奈亞提停止呼吸心跳而已。

「阿奈——！」

※

奈亞提在宇宙中漂流著。

隕石碎片和太空塵埃從他身邊流過，遠方是一個又一個的行星，全都是他跟著阿薩托艦隊涉足過的地方。有的屈服在艦隊的砲火下，有的寧死不屈被夷為平地。

奈亞提一面漂著，耳邊聽著手下戰死的冤魂，怒吼著向他索命。他置若罔聞，一心尋找那個他最想聽的聲音。

終於找到了。

阿薩托軍的母艦就在前方，艦橋的圓窗裡露出亞弗的臉。

十幾年來，亞弗的模樣始終沒有變，嚴肅的五官，眉宇間帶著淡淡的憂傷。

雖然亞弗不是個容易親近的人，但是他看著奈亞提的眼神總是那麼專注，充滿關切，讓這孤獨的野合之子心中充滿溫暖。

「奈亞提，過來吧。回來我身邊。」

亞弗的聲音透過圓窗，穿透宇宙的真空傳進他耳中。

——對不起，殿下，我失敗了。我連最後的攻擊都失敗……

「沒關係，我不生氣，你快點回來就好。我不會拋棄你的，因為你是我的……」

——我是您的什麼？殿下？

「@＃！」

一陣厲聲叫喊讓奈亞提震了一下。那是什麼聲音？是誰在叫？他聽不懂那人在叫什麼，但他知道那聲音是在叫他。叫得急切無比，連聲音都破裂了。

「＄％＆！！＊＆％！」

——吵死了，到底叫什麼？安靜點好嗎，我都聽不到殿下的聲音了。

「＄％＆！！＊＆％！％＄＄＃＃！」

——拜託不要叫了，那麼悲痛的聲音，叫得我的心也痛了……

「＄％＆！！＊＆％！％＄＄＃！＄％＆！！＊＆％！％＄＄＃＃！」

——好好，我回去就是了，總之你別再叫了。

——別再哭了。

※

「阿奈，你給我醒醒，你是我的，我絕對不准你死，聽懂沒有？奈亞提，醒一醒！」

獨孤巖對著昏迷的奈亞提咬牙切齒地呼喚著，完全沒注意自己的聲音有多麼沙啞。

奈亞提被電擊之後，一度停止心跳和呼吸，雖然搶救回來卻就此昏迷不醒。外星人的身體狀況和地球人不同，緊急請來的醫生也束手無策。

在這期間，奈亞提心跳又停了好幾次，獨孤巖不眠不休地守著他，一次又一次在他心跳停止的時候及時搶救。

他這時才明白自己的愚蠢。拿命做賭注，跟奈亞提玩危險的暗殺遊戲，居然還認定自己一定會贏。

不是嗎？從小到大，他任何時候都是贏家。

但他忽略了，他在「地球上」一定會贏，而奈亞提是外星人。身經百戰的外星戰士，早晚會做出地球人無法想像、無法控制的事。

這個遊戲裡，最大的賭注不是他自己的命，而是奈亞提的命。這是他絕對輸不起的賭注。他從來不知道「輸」的滋味，卻打了一個輸不起的賭，這不是自作孽嗎？

有生以來，獨孤巖第一次嘗到心臟被狠狠揪住，全身發冷的感覺。腳下的土地好像一步步在崩裂，隨時會粉身碎骨。

這種感覺就叫做「恐懼」。

他害怕失去奈亞提，失去他好不容易才找到的，讓他對生命重燃熱情的寶物。如果奈亞提死了，他心裡重要的部分也會死，而他再也沒辦法像以前一樣，忍受這烏煙瘴氣的世界，皮笑肉不笑地過日子。

他坐在奈亞提床邊，一次又一次地呼喚他。他要跟死神拔河，把奈亞提搶回來，就像之前從外星艦隊手上把他搶過來一樣。

「阿奈，快醒來，醒一醒！我……」他咬住嘴唇，才沒說出「我求你」。

他眼前一片模糊，喉頭也哽住了。擦了幾下眼睛，深吸幾口氣才恢復說話能力。

輕輕撫摸著奈亞提的臉，眼中帶著無限愛憐。

「只要你醒來，我就把監視器拆掉，跟你公平決鬥。如果你不想待在山莊裡，我也可以帶你下山，讓你好好看看你想征服的地球。不管怎麼樣，只要你醒來就好。只要你……不要離開我……」

看到奈亞提的雙眼仍然緊閉，他更加焦躁，撲上去堵住他的脣。不斷地吸吮、囓咬、舔拭，舌尖用力頂進他口中和他的舌交纏。

粗野的吻持續了許久仍不停止，他不會停的，他要讓奈亞提氣得跳起來大罵他下流……

忽然舌尖一痛，他跳了起來。昏睡中的奈亞提，無意識地咬了他。

然後那雙暗紅的眼睛，慢慢地睜開了。

在獨孤巖眼中，那是全世界，不，全宇宙最美麗的一對紅寶石。

「阿奈？阿奈！」

奈亞提眼睛沒聚焦，恍惚的視線在空中來回，然後落在獨孤巖臉上。兩人無言對望了幾秒，奈亞提再度閉眼沉睡。

獨孤巖重重地呼了一口氣，在心裡默默感謝著神明。不管是地球的神明還是阿薩托星的神明，只要把奈亞提帶回他身邊，他就會由衷地頂禮膜拜。

奈亞提真正清醒是在隔天的中午。一睜眼就看到獨孤巖站在床尾，冷冽的雙眼定定地看著他。

見他醒來，獨孤巖從口袋裡拿出一個東西，塞進他耳裡。

「聽得清楚嗎？」

奈亞提原本還有些茫然，瞬間醒了大半。

「你怎麼……」

翻譯耳機應該已經炸掉了啊。

「我仿做了一個。性能沒原本的好，要定時充電。」

奈亞提再度心中一寒。這個人，到底能強大到什麼地步？

獨孤巖靠在床尾柱上，面如寒霜。而那死盯著他不放的兩隻眼睛，就像兩根冰柱，筆直刺進奈亞提心裡，讓他全身發冷。

「感覺怎麼樣？」

「……手動不了。」

奈亞提勉強回答。直接承受電擊的左手包在厚厚的紗布裡，完全沒知覺。

「你那隻手本來被電得焦黑，沒變成灰就不錯了。現在皮膚已經長好，應該會復原吧，我猜。不過你得當一陣獨臂俠了，這也沒辦法。」獨孤巖眼神一沉，「誰叫你只曉得要贏，連命都不顧，活該。」

他的聲音帶著前所未有的熱度，讓奈亞提吃了一驚。他在生氣？

「你生什麼氣？被電到的是我，又不是你。」

好不容易想到的妙計又失敗，他才該生氣好嗎？

獨孤巖深吸一口氣，避免血壓暴衝。

「我沒生氣，只是天生臉臭。」

這時奈亞提才注意到，獨孤巖瘦了一圈，臉色蒼白，眼下有黑圈，襯得眼中的怒火更熾烈。

如果是獨孤巖的下屬，此時早就被他的眼神嚇昏了，但奈亞提只覺得地球人真是莫名其妙，差點被解剖時不生氣，看到敵人受傷卻氣得半死。

他忽然心情大好。終於讓獨孤巖摘掉那張跩兮兮的笑臉，真是愉快啊。

疲倦再度湧上，他閉上眼睛，卻仍然感覺到獨孤巖的目光停在他身上。

獨孤巖歎了口氣。「你休息吧。」

聽著他離去的腳步，奈亞提在陷入沉睡前，迷迷糊糊地想著，他好像在睡夢中看過獨孤巖另一個表情。

臉色慘白，兩眼通紅，是哭過的表情。

為什麼要哭呢……

※

兩天後，奈亞提才有精神為自己的失敗懊惱。

不但把最後的王牌砸掉，連左手都報銷，接下來到底該怎麼辦？

雖然在半昏迷的時期，他隱約察覺了什麼重要的情報，醒來後卻怎麼也想不起來。正當他躺在床上自怨自艾的時候，男僕進來把房裡所有的監視器都拆掉了。

奈亞提問他為什麼要拆，他只是搖搖頭，一言不發地離開。

奈亞提想通了，因為他廢了一隻手，獨孤巖認為就算沒有監視器也制得住他。

竟然這麼輕視他！

奈亞提心頭火起，硬是跳下床，拖著仍然痠軟無力的身體做單手倒立。

等到獨孤巖進來，正好看到他第十次摔倒。

「受傷的人在逞強什麼？你是笨蛋嗎？你知道你挨的電擊有多強嗎？」

奈亞提不服輸地回嘴，「我曾經拖著一條斷腿，在沙漠裡走了五天五夜去跟部隊會合，這種小傷算什麼？」

「這回就算你倒立五天五夜，你也回不了部隊。」

奈亞提哼了一聲，轉開頭不理他，獨孤巖毫不客氣地把他拖回床上。

「你再不乖乖養病，我就拿鑲琥珀的鍊條把你拴住。」

奈亞提揮開他的手。「我的身體是屬於戰神的，不管被電焦還是爛掉都是戰神的旨意，不用你多事！」

獨孤巖受夠他的冥頑不靈，用力將他壓倒在床上。

「你的身體是屬於我、的！」

奈亞提奮力掙扎，但四肢都被牢牢制住，文風不動。

這具身體居然已經變得這麼不中用了？

他又氣又恨，偏偏身體還未復原，撐不住激動的情緒，頓時眼前發黑，暈了過去。

當奈亞提醒過來時已經是深夜了。

他迷迷糊糊往身邊一看，赫然發現獨孤巖精雕細琢的臉就在眼前。奈亞提瞬間清醒，以為自己在昏迷中又被獨孤巖給侮辱。但仔細一看，兩人的衣服都穿得整整齊齊，而獨孤巖正在熟睡。

奈亞提有些困惑。也許是怕他偷襲，獨孤巖從來不在他身邊入睡。至少每次他醒來，獨孤巖都早已不見人影。

有了之前偷襲失敗的經驗，他以為獨孤巖現在也是在裝睡測試他的反應，但是左看右看，都找不出裝睡的跡象。

獨孤巖這幾天擔心奈亞提的病情，吃不下也睡不好，壓力又大，已經疲憊不堪，看到奈亞提氣暈，乾脆躺下來一起睡。

奈亞提不由自主地被獨孤巖的睡容吸引。此時的他雙眼輕閉，長睫毛蓋在光潔的肌膚上，呼吸緩慢而均勻，薄唇微微上勾，表情安詳，完全不像清醒時那樣高傲冷峻。

光憑這張純潔無比，不沾一絲塵埃的面容，完全看不出他是個動不動發情的色情狂。

他的手臂摟著奈亞提的腰，奈亞提整個人貼在他懷裡，感覺到他的呼吸噴到自己臉上。

雖然已經身體交纏過無數次，這樣親密的依偎還是讓奈亞提有些發慌。

他試著把獨孤巖的手臂移開，但獨孤巖反而摟得更緊，額頭整個靠到他臉頰上。奈亞提倒抽一口氣，全身僵硬。

稍微放鬆之後，他小心地試著掙脫，還得注意不吵醒獨孤巖，否則又會沒完沒了。然而他動作稍微大了點，獨孤巖的雙眼還是睜開了。

奈亞提一時不知如何反應，只能盯著他。跟他的慌張相反，獨孤巖沒說話也沒有任何動作，靜靜地回望他。那雙眼睛有如平靜的湖水，清澈卻又深不見底。四目交投之間，奈亞提覺得自己彷彿被吸了進去。

獨孤巖靠過來，嘴脣貼上了奈亞提的脣。

他不像以前那樣粗魯霸道，而是有如羽毛般的輕柔，觸碰一下就分開，隨即又貼上，甜蜜地廝磨著。

奈亞提瞪大眼睛，呆呆地承受這前所未有的親吻。直到獨孤巖的舌頭輕而易舉地滑入他口中，靈巧地逗弄他的舌頭時，他的心跳開始加快，呼吸也變得急促。

「呼……呼……嗯……」

這聲音聽起來非常糟糕。不是痛苦掙扎，更像在享受。

奈亞提不由自主地回吻獨孤巖，心中有個聲音在大叫不妙，要自己快點停止，他卻停不下來。

獨孤巖的手從衣服下襬潛入，直接接觸奈亞提的肌膚。那微冷的觸感讓奈亞提抖了一下，但在胸前遊走的手隨即在身上點起大火，被碰過的每個地方都開始發熱，而身體的內部更是燥熱難耐。

奈亞提不由自主地扭動身體，彷彿在催促，或是邀請。

獨孤巖輕笑一聲，拉下奈亞提的褲子，手指沾著奈亞提的精液潤滑過密穴，在奈亞提還沒回過神來，他已經再次侵入那溫暖的身體。不像之前那樣強硬地長驅直入，而是緩慢地，一面試探奈亞提的反應，一面前進。

「啊……」

還是痛，但是噁心的感覺不見了。痛楚彷彿成了身體的一部分，提醒他活著的感覺。

看到奈亞提臉上的痛苦緩和下來，獨孤巖開始動作。

伴隨著他的律動，痛楚化成了電流，流遍奈亞提全身，帶來陣陣的酥麻。那是他從來不曾嘗過的歡愉感受，趕走了被俘以來所有的屈辱與痛苦。

「啊啊，啊！」

陣陣嬌喘與呻吟不斷從口中漏出，就算想閉上嘴也辦不到，更何況他腦中早已亂成一團。

不對啊，他應該要覺得很厭惡很噁心的，為什麼現在卻……

想到這裡就無法再想了，他的思考能力麻痺了，身體卻敏銳無比，所有的感官都用來感受獨孤巖帶來的快感。

兩人同時達到頂點，獨孤巖釋放在他體內。隨即兩人癱倒在床上，獨孤巖再度把臉埋在奈亞提的頸窩，沉沉睡去。

聽著耳邊的呼吸聲，奈亞提怔怔地盯著床頂。

熱度逐漸散去，身體開始冷卻。思緒回到腦中，讓他的心更冷。

那是……怎樣？他在做什麼？

被限制行動、被氣暈，醒來後居然乖乖跟這傢伙交配？

不是要誓死捍衛阿薩托戰士的尊嚴？不是要戰到斷氣為止？結果呢？

不但完全沒反抗，居然還主動配合？

身為戰士，他可以忍受饑餓、疲勞，忍受酷刑拷打，就算把他十片指甲一片片拔掉，他也不會吭聲。但他卻無法抵擋溫柔的擁抱、甜蜜的親吻、充滿愛憐的觸碰，還有彷彿兩人合而為一的快感。

獨孤巖說對了。他對慾望的瞭解太少，一旦慾望來襲，他根本招架不住。

獨孤巖總是對的。

即便當時腦中一片空白，事後他卻清楚地記得，陷在情慾中的自己，雙腿夾住獨孤巖讓身體貼得更緊，跟著他一起律動。此刻耳邊仍迴響著，自己口中發出來的，淫蕩的浪叫聲音……

「啊啊！」他痛苦地吼叫著，翻身坐起。

已經受不了了。

這世界已經夠骯髒了，被同化的自己更是髒到無以復加。

他恨自己，恨這愚鈍的大腦、軟弱的意志和無力的手腳；最恨的，當然是每一寸被獨孤巖征服，沉溺情慾的肌膚。

「你怎麼了？」被他的動作和聲音驚醒的獨孤巖，半睡半醒地抬頭。

奈亞提看了他一眼，一咬牙跳下床，衝到陽臺上。獨孤巖立刻追出來。

「阿奈，你在幹什麼？」

「我不叫那名字！我叫奈、亞、提！」

之前由於陽臺被電擊破壞，奈亞提換了房間，陽臺仍然朝著山谷。

今晚天氣不好，狂風呼號，幾乎把奈亞提的聲音吹走。大雨隨時會降下，空氣中瀰漫著不安定的氣息。

「你這是在做什麼？想逃走？你不是要殺了我奪回影片嗎？」

奈亞提放聲大笑。獨孤巖難得錯了一回，他不是想逃，是要消滅自己。

「你當我是傻子嗎？我要是殺得了你，今天就不會站在這裡了！恭喜，你贏了，我認輸。那部影片你就拿去傳遍全宇宙，讓所有人都來恥笑我吧，我不在乎！」

說著，他右手一撐翻出了陽臺，墜入山谷中。

隨即大雨降下。

※

傾盆大雨下了一晚仍不停止，目光所及的每一寸土地都成了小溪流。

奈亞提坐在滿地的泥水中，感受雨滴重重地擊打在身上。在那種狀況下跳崖，此時當然是一絲不掛，只有左手還包著繃帶。

他並沒有如期望的那樣，頭部著地瞬間斃命，只扭傷了一條腿。而且由於是先掉到樹上再摔下，傷得不重。

他不怕冷，也不介意被淋得全身溼，只可惜雨水無法帶走他身上的汙穢。現在只希望水會越積越高把他淹沒，他閉氣的最高紀錄約等於地球的半小時，很快就可以解脫了。

天漸漸亮了，狂風暴雨仍然沒有變小的跡象。奈亞提仰頭閉上眼睛，想像著自己冰冷的身體在水中載浮載沉，自由自在沒有半點束縛。

忽然，他被粗魯地拉起來，隨即一大片防水布當頭罩下。

奈亞提直覺想揮拳攻擊，拳頭卻被輕鬆接下。他錯愕地看著眼前的人：全身罩在黑色防水衣物裡，頭上的燈泡射出刺眼的光芒。那模樣比他還像外星怪物。

然而突然湧上的暈眩疲軟感，讓奈亞提知道，來人是戴著魔眼的獨孤巖。

獨孤巖臉孔扭曲，顯然是氣到了極點。他緊緊抓著奈亞提，轉身往山莊的方向走。奈亞提回過神來，用盡全力掙扎。

「不，我不要回去！放開我！」

「快點走，不然山洪要爆發了！」

「那不是正好嗎？」奈亞提的眼淚和雨水混在一起，占據了整張臉。「我已經沒有臉再當阿薩托戰士了！當不了戰士，我也沒有理由再活下去！」

獨孤巖咬牙切齒，手上使力把他拉進自己懷裡。

即便隔著溼淋淋的防水衣，瞬間包圍過來的觸感，仍然讓淋了整晚冷雨的奈亞提一時失去語言能力。

「沒理由又怎麼樣？我說過，你是我的禮物，既然是我的，我就會負起責任給你新的理由！總之你給我好好活著！」

他不等奈亞提回答，拖著他往回走。

在風雨中跌跌撞撞走了一陣，好不容易找到一處山凹躲雨，奈亞提不甘不願地穿上獨孤巖帶來的防水衣物。他其實並不需要，但他更不願意光溜溜地走在獨孤巖旁邊。

這時他才有機會好好打量獨孤巖。這位總裁全身上下沾滿爛泥，看起來空前地狼狽，顯然是因為冒著風雨，在深夜的山谷中到處找他的原因。

奈亞提實在不懂，獨孤巖到底為什麼要做到這種地步呢？他已經徹底征服了自己的身體，瓦解了他的自尊，證明了勝利，為什麼還要一直抓著他不放？

他還想從奈亞提身上得到什麼呢？

奈亞提苦澀地想，自己明明已經一無所有了啊……

居然還說要給他生存的理由？就算他是獨孤巖，這牛皮也吹太大了吧！

這時獨孤巖做了一件驚人的事：他把魔眼從外套中拉出，取下整條項鍊，埋進土裡。

「你在幹什麼？」奈亞提眼珠快掉出來了。

「現在情況緊急，我需要你發揮全力，我們才能平安回到山莊。」

奈亞提心想，趁著獨孤巖拿掉他的救命符，自己正好可以用正常的右手要了他的命。

然而他還是什麼都沒做。

天亮了，風雨總算減弱了一些，兩人繼續朝山莊前進。

好不容易，山莊進入了視線。

這是奈亞提第一次看到山莊的全貌，原來山莊還有個高聳的尖塔，足足高出主建物五六層樓，不曉得是幹什麼的，他勘察地形時也沒看到通往高塔的樓梯。

不過比起那個神祕的塔，另一個念頭盤踞了他的腦海。

離山莊還有一段距離，他還來得及集中力量，忍著腳痛轉身逃離。

但是，要逃去哪裡？

經過一晚的折騰，他已經沒有獨自淹死在山谷中的念頭了。

看到獨孤巖如此辛苦地尋找他，還不惜埋掉自己最大的殺手鐧——魔眼，奈亞提就算扯裂了嘴，也無法再說出「我要去死」。

但是，如果回到山莊，是不是又得繼續當獨孤巖的玩物？

一陣狂風颳起，捲起地上一截被狂風吹折的樹幹，筆直朝他的腦門飛來，但奈亞提只顧著糾結，完全沒注意。

「小心！」

獨孤巖撲過來把他推開，而那截樹幹就不偏不倚地撞上了獨孤巖的腦袋。

「獨孤！」

奈亞提看著獨孤巖倒地動也不動，一道血痕從髮際流出，一時無法理解發生什麼事。

不，不會吧……

頓時全身力氣被抽空，他坐倒在地上。

不會的，他不會就這麼死掉的。不會的！

戰勝了戰士奈亞提的人，居然敗給一截枯木？

絕對不行！

一股怒火湧上，奈亞提跳了起來，全身充滿源源不絕的力量，連麻痺了好幾天的左臂也恢復了力氣。

他抓住獨孤巖往肩上一扛，咬緊牙關朝山莊走去。

這就是他生存的理由：打倒獨孤巖。

在那之前，絕對不能讓他死！

一小時後，奈亞提扛著昏迷的獨孤巖，走進了山莊敞開的大門。

傭人們急如星火地從他手上接過獨孤巖並送進醫務室急救，奈亞提默默地看著他們離開，隨即眼前一黑，失去了意識。

※

結果獨孤巖得了輕度腦震盪，休息兩天就活蹦亂跳，反而是奈亞提又得臥床休養。

「琥珀當然也有影響，加上你先是亂放電又跳崖，對身體也造成負擔。不過最重要的還是水土不服，地球的空氣、水和食物你都不習慣，身體撐不住了。」

獨孤巖頭上綁著繃帶，在奈亞提床邊滔滔不絕。

說來說去，全都是你害的。奈亞提恨恨地想。

「我會參考你工作站的設定，弄一個你比較舒服的環境。」

「我看是很難。」奈亞提沒好氣地回答：「只要你在，我就不會舒服。」

「不會吧？我至少有一個辦法可以讓你舒服。」

這話刺中了奈亞提，直覺地回想起跳崖之前發生的事。當時他的反應騙不了自己，當然也騙不了獨孤巖。

這下他真的被抓住把柄了，從此一輩子也別想翻身。

如果獨孤巖又要再來一次的話，他……

正在全身發冷的時候，一個東西遞到他面前。工作站的錄像儀，正是錄下他人生恥辱一刻的那一臺。

「你應該想要自己動手刪掉吧？」

奈亞提呆呆地接過。「你要讓我刪掉……影片？」

「沒錯。我越想越覺得，這種利用不雅影片勒索無知少女的手段不合我的美學，而且你在床上的臉只有我能看見，影片絕對不能落到第三個人手裡。」

這傢伙到底有多不要臉……

「誰是無知少女？」奈亞提炸紅了臉，氣呼呼回嗆，「而且我怎麼知道你沒留備份？」

「我留備份對我有什麼好處？況且你不是已經不在乎影片了嗎？」

影片的功用在於讓奈亞提不能逃走也不能自殺，現在這兩個功能都不存在了，他當然也沒理由再留著。最重要的是，他知道自己把奈亞提逼得太緊，才讓他頻頻暴走。

如果不想失去奈亞提，就必須設法補救。

奈亞提半信半疑地刪去了影片，明明解脫了，他卻覺得暈頭轉向。一定是因為，獨孤巖又派人去山凹裡把魔眼拿回來的關係。

獨孤巖接過攝影機，「怎麼樣，感覺有舒服一點嗎？」

「所以你指的舒服就是這個？」

獨孤巖挑眉。「不然你以為是什麼？」

奈亞提滿臉通紅。想到自己剛才的胡思亂想，恨不得一頭撞死。

獨孤巖一定知道他誤會了，才故意戲弄他。

想到這裡，奈亞提更是惱羞成怒。

「既然影片已經沒了，就表示我可以隨時離開這裡囉？」

獨孤巖面不改色。

「可以啊。這樣你就會變成第一個因為敵人大發慈悲而重獲自由的阿薩托戰士，一定覺得很光榮吧？」

看到奈亞提氣得說不出話來，獨孤巖微微笑了。

他很清楚奈亞提有多驕傲，可以忍受被敵人俘虜虐待羞辱，卻絕對無法忍受被敵人同情。只要搬出這話，他反而不會離開。

這種心理戰術遠比用影片勒索有用多了。

奈亞提確實中招了。

「你放心！在我親手把你打到翻白眼之前，我絕對不會離開！」

「好哦。」

奈亞提自然也知道他又跟著獨孤巖的步調走了。但早在他扛著昏迷的獨孤巖，一步步走向這座帶給他無限痛苦的山莊時，他就知道，自己已經選了一條難走的路，再懊惱也是多餘。

況且他也多少掌握了一些對付獨孤巖的籌碼。

首先，獨孤巖不能忍受奈亞提無視他。只要奈亞提轉頭不看他，他就會失去冷靜。

第二，在電擊事件和跳崖事件中，獨孤巖的反應都比他這個當事人還要激烈。所以如果他真的想傷害獨孤巖，只要朝自己身上戳兩刀就行了。

只是……

即便他向來為達目的不擇手段，還是覺得這種招數太賤了。

「你出去吧，我要休息了。早點恢復體力才能打倒你。」

獨孤巖靈光一閃。

「其實你就算體力沒恢復，還是有可能打倒我。」

「什麼意思？」

獨孤巖按下叫人鈴，兩個男僕隨即推著一個奇怪的小方桌進來，桌上還放著兩個圓盒。方桌的桌面畫著許多正方形的格子，獨孤巖打開圓盒，裡面裝著許多奇怪的小圓牌。一盒是黑色，一盒是白色。

「這是什麼？」奈亞提看得糊里糊塗。

「圍棋。理論上是一種遊戲，不過如果玩家是真正的高手，就會變成另一種戰爭。」

奈亞提哼了一聲：「戰爭？用這種沒有殺傷力的小圓牌？地球人真的很無聊，只會做一些沒用的事！」

「這不叫圓牌，叫做棋子。戰爭中最重要的因素不是武器，是腦力，任何不起眼的東西都可以成為鬥智的工具。」獨孤巖說：「所以你是對你的腦力沒有自信囉？那我就不為難你了。」

奈亞提氣得坐直起來。

「我只是不像你這麼奸詐狡猾而已，你真當我是傻子啊？好，我就陪你玩一玩，看看是誰沒腦子！」

獨孤巖滿意地一笑，開始介紹圍棋規則。

一個小時之後……

奈亞提臉色鐵青。

「再來一局！」

「好哦。」

然而要不了多久，奈亞提的聲音再度響起。

「再一局！」

「沒問題。」

於是，兩人整個下午就在一局又一局的棋局中度過。

直到天色全黑，奈亞提的臉也黑了。他一次都沒贏，自尊再次受到重大打擊。

「再一局！」

「明天再下吧，現在該吃晚餐了。」

「不行！我要下到贏為止，否則就不吃飯！」

獨孤巖歎了口氣，再次按鈴，要僕人把晚餐送到房間來。

「邊下邊吃，可以吧？」

奈亞提勉強點頭，「好吧。」

這時他接觸到獨孤巖的視線，忽然心中一震。

獨孤巖臉上帶著淡淡的笑，並不是平日那種自認高明、討人厭的笑，而是寵愛的笑，充滿了憐惜和容忍。是奈亞提一生從來不曾感受到的東西。

他忽然口乾舌燥，手指微微顫抖。

「算、算了。明天再下吧。」

獨孤巖有點訝異，隨即點頭。「好哦。」

※

奈亞提開始學下圍棋後的第三天，房間裡響起了前所未有的聲音。

「贏了！我贏了！」

之前扭傷的腳早已復原，他可以盡情地又跳又叫。

上次這麼開心是什麼時候呢？應該是被選入亞弗直屬部隊的時候。那時他真的很開心，自己的實力終於被認可了……

等一下！

他懷疑地看著獨孤巖。

「你該不會是嫌我煩，為了脫身故意放水吧？」

獨孤巖一臉無辜。「我是那種人嗎？」

「我還以為你根本不是人哩！再來一盤！」

結果整整下了十盤，奈亞提才滿意地收手。

「真是夠了……」獨孤巖低聲吐槽著，按鈴叫人收走棋盤和棋子，並在陽臺鋪上地墊，隨即走出陽臺，坐在地墊上。

「你在做什麼？」奈亞提很疑惑，跟著走出去。

「據說今天晚上會有流星雨。」

「流星雨？」

「就是墜落的隕石群。不會吧，你連隕石群都不知道？」

「怎麼可能不知道？遠征的時候每天都碰到。我是要問你，隕石群有什麼好看啊。」

獨孤巖輕笑，「是沒什麼好看，只是忽然想懷舊一下。」

「懷舊？」

「我以前的夢想是太空旅行，還曾經跟朋友一面看流星雨，一面討論太空船的設計圖，約好以後要一起去宇宙探險。」

他發現奈亞提瞪大眼睛看著他。

「怎麼了?宇宙探險是那麼驚人的事嗎？」

「不，驚人的是你居然有朋友。」

獨孤巖搖頭微笑。

「以前有，現在沒有。」

「為什麼？」

「我跟他絕交了。」

「這就很像你了。」

獨孤巖看著夜空，微微搖頭。

「我不需要朋友，對太空旅行也已經沒興趣了。」

「為什麼？」

「很無聊。一切都很無聊。」

父母過世後，他接下龐大的家族企業，面對著商場上的陰謀詭計，每天都活得像在打仗。他贏了許多戰役，卻失去了對生命的熱誠。

「地球無聊，其他星球可不是。不要把整個宇宙拖下水。」

奈亞提很不屑。

獨孤巖輕笑。

「這我也知道，但是不知不覺就沒興趣了。就算我協助設計的太空船要發射了，我也沒什麼感覺。我打敗了競爭者，搶先做出太空船，只是這樣而已。」

他證明了自己的能力，賺進大把鈔票，少年時的夢想和熱血卻一去不復返。

「你自己做的太空船，自己卻不想搭？」

「就算真的上了太空，也不會遇到什麼好事。」

奈亞提噗哧笑了出來。

「我看你是沒膽吧？害怕宇宙太大你應付不了，所以才退縮……嗚！」

他忽然被往前拉，整個人幾乎貼在獨孤巖懷裡，眼睛正對著那雙比夜空還要深沉的眼睛。

獨孤巖一笑，放開了他。

「說得也是。宇宙不就給我送來一份大禮嗎？我不該小看它。」

打從在樹林裡，他第一眼看到奈亞提的那一刻，心中沉睡以久的熱情、活力和慾望，一口氣全都醒了過來。

不，那種心跳加速的感覺，今生還是第一次。無論是太空旅行還是商場的勝利，都無法讓他那麼興奮。

跟奈亞提的相遇，讓他心裡死掉的東西復活了，看來這世界還是會有奇蹟出現的。

奈亞提調整氣息，問：「話說回來，你們地球人為什麼那麼想上太空？」

獨孤巖一臉「這什麼蠢問題」的表情。

「那你們為什麼那麼愛打仗？」

「這兩個問題完全不一樣好嗎？遠征當然是為了要宣揚阿薩托戰士的英勇，還要讓戰神的榮光照耀宇宙……」

「屁話。」獨孤巖毫不猶豫地打斷他，「戰爭為的是要贏。贏了一場還要再贏下一場，征服一個星球，還要再征服下一個。戰利品跟榮譽都是其次，重要的是贏的感覺實在太好了。地球人跟阿薩托星人都一樣，我也一樣。就是想要不斷征服、不斷勝利，其他好聽的理由都是屁話。」

「你到底懂什麼？你又不是阿薩托星人。」

「我跟你們唯一的差別，只有我不是基因工程製造出來的，所以我應該懂個七八成。」

「想得美哩。」

奈亞提反駁著，卻有些氣力不足。

阿薩托人是好戰的民族，雖然大家都把「戰神」、「阿薩托的榮耀」掛在嘴上，仔細想想的確很有可能只是藉口，一切的一切都只是為了贏而已。
奇怪的是，當他聽到獨孤巖自稱自己也是一樣的時候，心情卻筆直下沉。
為什麼要為這種事不開心呢？
這時，天邊劃過幾道光箭。
「哦哦，開始了。」
接下來幾分鐘，兩人都沒說話，專心看著天上一顆顆落下的流星。
直到流星暫時停止，奈亞提才開口。
「我不是。」
「什麼？」
「我不是基因工程製造的。」他深吸一口氣，「我是野合之子。」
他把自己剛出生就被丟在太子寢宮旁，被亞弗收留的經過說了出來。自己也不明白，為什麼要把這事告訴獨孤巖。
也許只是因為獨孤巖是唯一不會因為這種事輕視他的人。
不對，是唯二。亞弗也不會。
這時他看到獨孤巖的表情有點奇怪，好像有點想笑，卻又忍著。

「你怎麼了？」

「沒事。」

奈亞提光看他的表情就知道絕對不是沒事。

「你有話就說啊，陰陽怪氣地很討人厭欸。」

獨孤巖搖頭。「講話要看時間地點，絕對不是現在。至少我知道你為什麼對你的上司這麼死心塌地了。」

奈亞提點頭。

「我戰鬥不是為了要贏，是為了讓殿下驕傲，證明他收留我是對的。」

只是現在已經辦不到了……

獨孤巖嘴角抽動，顯然正在努力忍笑。奈亞提火大了。

「到底是怎樣啦！」

「只要你家老大誇獎你，你的人生就無悔了嗎？還真是容易滿足啊。」

「不然呢？我本來應該一出生就被殺死，是殿下讓我活下來的。我的生命、我的一切都是屬於殿下的……啊！」

他被一把拉進獨孤巖懷裡，獨孤巖的臉跟他的臉距離不到一公分。

奈亞提很清楚，他又踩了獨孤巖的地雷。

被這樣緊抱著，又是臉幾乎要貼上的距離，讓他不由自主地戰慄。但他仍然不肯認輸，努力地回瞪。

「第一，再強調一次，你是屬於我的。」獨孤巖的聲音聽起來非常危險。「第二，如果你清醒一點，不要再滿腦子殿下殿下，你的人生會輕鬆很多。」

奈亞提很不滿。「你又懂什麼？」

彷彿在代替獨孤巖回答，天上瞬間劃過大批流星，至少有上百顆。每一顆都拖著明亮的尾巴，像大雨一樣傾盆而下，讓人眼花繚亂。

奈亞提愣住了。

他在宇宙間行走很久，隕石群早就看到膩了。但從來不曾感覺像此刻這麼震撼。難道隕石到了地球就改變了嗎？不，不是的。

因為他滿腦子想著立下戰功取悅亞弗，對其他的一切一概無視。即便看到如此壯麗的景色，他也不曾好好欣賞。

他的世界裡，除了亞弗什麼都沒有。

也許，真的錯過了很多重要的東西……

獨孤巖靜靜地看著他的表情，什麼話都沒說。

等流星雨停止後，獨孤巖放開他。

「我明天就要下山了，公司那邊很多事情要處理。」

「咦？」奈亞提腦袋一時間沒轉過來。所以獨孤巖要走了？只剩他自己留在山莊裡？

獨孤巖起身，「你跟我一起去。」這話不是邀請，倒也不像命令，只是單純地陳述一件天經地義的事。

奈亞提知道自己應該一口回絕。就算沒有拒絕的餘地，也不該乖乖從命。但是阿薩托戰士的驕傲早已不管用了。他已經不能回去亞弗身邊，以後必須要自己尋找生存的意義。在這個地球上。

「廢話，在找出你的弱點把你打趴之前，我一定會盯緊你！」

獨孤巖笑了笑。

「好哦。」

第三章

以下是在一臺跑車裡的對話：

「你們地球人的交通工具真是差勁透了。速度慢、空間擠、坐起來又不舒適，還會彎來彎去。這到底是旅行還是拷問？」

「山路彎來彎去，車子當然也要跟著彎，你抱怨也沒用。」

「明明就是你技術太差，閃開，讓我開。」

「你又不會開車。」

「我連宇宙船都會開，一臺地球機器算什麼？快點讓開！」

「隨便你。」

幾分鐘後，車子停了下來，傳出冷靜的聲音。

「你確實開得很好，只是有一點要注意：車子不是飛船，麻煩不要筆直朝著懸崖衝過去。」

幾經折騰，跑車終於在日落之前開進獨孤花園的大門。

從門口又開了兩百公尺，經過一個噴水池，跑車停在一棟巨大的宅邸前。宅邸裡的所有工作人員都站在門口鞠躬迎接。站在最前方，一頭金髮盤成髮髻，穿著黑色套裝的女子迎向獨孤巖。

「歡迎回來，老爺。」

獨孤巖雖然還不到三十歲，卻已經是一家之主，被稱為老爺一點也不為過。

「這是阿奈，妳替我安頓他。」

女子轉向奈亞提。

「奈先生您好，我是獨孤家的管家，克勞麗莎・德文希爾。歡迎您來到獨孤家，請跟我來。」

奈亞提有些不自在，他從來不曾直接和獨孤巖以外的地球人接觸。他壓下心情，冷冷地一點頭，跟著克勞麗莎走向宅邸。

在他進門前，獨孤巖說了一句：「阿奈，晚餐時見。」

奈亞提有個感覺：在這間房子裡，要見到獨孤巖似乎是件很不容易的事？

※

獨孤巖剛放下行李，克勞麗莎就推門進來。

「我已經把你的客人帶到西邊第一客房了。」獨孤巖點頭，克勞麗莎繼續說：「真難得，你居然會帶朋友回來。」

獨孤巖沒回答這話，說：「今年年會的晚宴還是在家裡辦，妳準備一下。」

就不能早點說嗎——就算這樣抱怨也沒用。克勞麗莎認命地點頭。

「你本來不是說不出席年會嗎？怎麼又改變主意了？」

「就是要看那群以為我不出席的人，一旦看到我會是什麼表情。」

這是謊話，他原本真的打算缺席。然而經過這麼多波折，他領悟到，想要一輩子跟奈亞提躲在山莊裡是不可能的。

他有生以來第一次明白，有些東西是不能失去的。為了保護這些東西，他必須更認真對待自己擁有的一切。公司、財富、地位，唯有掌握這些東西，他才能確保自己和奈亞提的生活不會被破壞。

話說回來，他這樣忽然出現，一定會嚇到所有人。這樣一來，那些蠢蠢欲動的野心家也會露出馬腳吧？他冷冷地笑著。

「咦？」克勞麗莎正在整理他的行李，翻出了裝著魔眼的首飾盒，「你不戴了？」

「膩了。」獨孤巖簡短地回答。

克勞麗莎瞇起了藍色的眼睛。

這顆魔眼，獨孤巖從少年時期就一刻不離身，現在居然膩了？

神祕的客人、取下配戴多年的護身符，不到兩個月，獨孤巖的改變還真大。

是那個年輕人改變他的嗎？

※

奈亞提獨自在客房裡等到天黑，終於房門打開了。他以為是獨孤巖來找他吃晚餐，進來的卻是克勞麗莎。

「奈先生，很抱歉。老爺在公司裡臨時有事，來不及回來陪您吃晚餐了。」

「啊？」

瞬間，奈亞提在窗戶倒影上看到自己的臉。充滿錯愕的表情，而且還有點……寂寞？

開什麼玩笑，他怎麼可以為了見不到獨孤巖露出這種表情？

奈亞提深吸一口氣，恢復撲克臉，「哦。」

「請問您是要到飯廳用餐，還是我請人把您的晚餐送進來呢？」

「不用了，我不餓。」

這話一出他就想到，等等，這不等於在說見不到獨孤巖他就吃不下飯嗎？

「我不餓，所以給我一點點軍糧就好了。」

「軍糧？」克勞麗莎那完美的冷靜表情第一次破功。

「我現在處於戰鬥狀態，所以會習慣性把食物說成軍糧。」他完美地自圓其說。

克勞麗莎點頭。「好的。」

奈亞提吃完了索然無味的晚餐，只覺得胸口空空的，又彷彿罩了一層薄霧，令人發慌。因為受不了這種感覺，他早早梳洗上床睡覺。

翻來覆去許久，意識總算開始模糊。快要沉睡的時候，房門開了，然後是獨孤巖刻意放輕的腳步聲。

終於回來了啊，奈亞提心想。

他決定背對他裝睡。獨孤巖自己約了晚餐時間又失約，難道他還得起床歡迎嗎？

奈亞提耳邊聽到獨孤巖換衣服的聲音，接著他爬上了床。

他想幹麼？不會剛到家就發情吧？

奈亞提下了決心，獨孤巖要是敢亂來就一腳踹下去。然而獨孤巖什麼都沒做，只是在他身邊躺下，伸手環抱著他。

奈亞提聽著他均勻的呼吸聲，感受著他的體溫，只覺得胸口那陣寒冷漸漸淡去。

很快地，他睡著了。

※

第二天醒來，獨孤巖已經離開了，奈亞提幾乎以為昨晚是一場夢。但枕邊仍留著獨孤巖專用的古龍水味，就像他本人一樣擁抱著奈亞提。

這時克勞麗莎精力充沛地進來了。

「早安！獨孤一早就去上班了，他跟我說你大概這時候會醒，沒想到還真準耶。」

奈亞提一頭霧水地看著她。

他本來以為克勞麗莎是個一板一眼，省話、面癱又冷冰冰的人，怎麼才過了一晚，她就活像換了個人？

「獨孤還給我一張菜單，說你只能吃上面列的東西。真是的，幹麼不早點講啊？你昨天吃的東西沒問題吧？有沒有哪裡不舒服？」

奈亞提呆呆地搖頭，克勞麗莎鬆了口氣。

「那就好。早餐已經備好了，不過要麻煩你到飯廳來哦。獨孤說要帶你參觀一下這個家，不要一直關在房間裡，又不是囚犯。」她走向門口，「所以就麻煩你快點梳洗，好了就按鈴，我再來接你。」

※

吃完早餐，克勞麗莎帶著奈亞提認識環境。

「二樓這邊都是客房，還有圖書室。這裡是視聽室，可以放電影。再過去是主臥室。一樓是宴會廳、飯廳、接待室、大廳，還有獨孤的辦公室。每天管理這麼多房間，真是累死我了。」克勞麗莎伸了個大懶腰，忽然一臉神祕地湊到奈亞提面前，「我想偷偷問一個問題，琥珀山莊是什麼樣子？」

「山莊？」奈亞提想到自己在那裡遭遇的風風雨雨，不禁胸前一緊。「就是山莊的樣子啊。」

「我真的好想去那裡看看哦。那裡是獨孤的祕密基地，只有他挑選的人才能去，而且根本沒人知道在哪裡。到底為什麼要神祕兮兮的呢？」她微微歪頭，「還有人說獨孤在山莊設了一個神祕研究室，專門做一些犯法的研究，或是發明一堆嚇死人的東西。這也不是不可能，那個人與其說是商人，更像科學家，公司的專利有一大半都是他發明的呢。」

奈亞提心想，怪不得獨孤巖短短幾天就做出翻譯耳機的複製品。要做出那麼精密的東西，需要高科技的設備，顯然獨孤巖真的有個研究室，八成就在那座詭異的高塔裡面。

他的工作站鐵定就放在那裡，被獨孤巖跟他的部下破解、模仿，要不了多久就會做出嚇死人的東西。

「我沒看過研究室，也不知道他在做什麼研究。」

這是實話。

「知道啦、知道啦，你如果是那種會透露消息的人，獨孤一開始就不會讓你進去山莊了。我只是很好奇山莊長什麼樣子而已。」她注意到奈亞提的視線，微微一笑，「你一定在想，這女人怎麼跟昨天完全不一樣，對吧？很簡單，昨天總裁在家，員工皮總得繃緊一點。現在他不在，我就原形畢露啦。」

「妳不怕他發現？」

「沒差啦，我跟他都認識十幾年了。我們是老同學呢。」

「咦？」

看到奈亞提震驚的表情，她笑得更開心了。

「我們都是克勞迪斯學院的學生。你知道那所學校嗎？在瑞士深山裡的寄宿學校，我爸爸是院長。獨孤一年級下學期才轉進來的，馬上就成了全校第一的資優生。唉，本來第一名是我呢。」

奈亞提還是很難相信。

「你們本來在同一個地方讀書，現在妳卻跑來服侍他？」

「服侍？這話很傷感情呢。不過很多人一定都這麼想吧。」

克勞麗莎輕笑。

「我父親希望我繼承他的衣缽，擔任學院的院長，可是我覺得我不太適合，剛好獨孤在找管家。你也知道他那個人怪癖一大堆，看什麼都不滿意，前後趕跑了十幾個管家，所以我就來了。替他負責所有懶得處理的事情，食衣住行，還有煩人的客人，讓他可以安心工作兼耍脾氣。所以我不是在服侍他，是幫了他大忙。」

奈亞提一面玩味著這個觀念，想到另一個問題。

「獨孤年輕的時候是什麼樣子？」

「就跟現在一樣啊。什麼都會、什麼都懂還跩得要命，總是斜眼看人，不屑跟比他弱的人打交道，偏偏所有人都比他弱。不過他那時還沒這麼嚴重，至少願意跟某些人講話，其中一個就是我。」

奈亞提想起獨孤巖之前告訴他的話。

「是不是還有另一個人，跟他約好要一起上太空，後來卻絕交了？」

克勞麗莎一怔。

「他連這個都告訴你啊？那是他室友，那個人也是大財團的少爺，成績在我後面。獨孤一來我跟他的排名都往後了，不過那個人很欣賞獨孤，難得的是獨孤好像也不嫌他，兩人天天都黏在一起。很難想像哦？」

不知道為什麼，奈亞提覺得那副畫面讓他有點不愉快。

「那後來為什麼會絕交？」

克勞麗莎聳肩，「這我就不知道了。不好意思，我得去忙了，你可以自己參觀吧？覺得悶的話，也可以去花園裡走走哦。」

奈亞提叫住她。

「獨孤巖的弱點是什麼？」這可是蒐集戰略情報的大好機會。

「弱點？」克勞麗莎一臉疑惑。

奈亞提驚覺自己問話太直接，換了個方式。

「我是說，他有沒有什麼討厭的東西，還是害怕的東西？」

「嗯，他討厭比他弱小的人，也就是所有的人。害怕嘛……他的字典裡應該是沒有『害怕』兩個字啦，不過呢，他不喝茉莉花茶，花園裡也不准種茉莉花；無論下屬或生意夥伴，只要敢在他面前用茉莉香水，一律拒絕往來。他說是因為那味道會讓他想起自己最厭惡的女人，但事實是他對茉莉花過敏，一聞到就會頭暈氣喘。我以前在學校親眼看到他發作，嚇死人了……啊！」

她摀住嘴。

「糟糕，這本來是不能說的祕密。不過獨孤那麼信任你，應該不會介意吧？」

她把食指點在脣上。「你可千萬別說出去哦。」

奈亞提目送她離去，嘴角勾起邪惡的笑。

終於抓到獨孤巖的把柄了！

※

跟前一天一樣，獨孤巖到了深夜才回到家。

真是煩死了。他歎著氣。花一堆時間跟諸多關係企業和策略聯盟的負責人糾纏，總是會讓他的煩躁指數升到最高點。

那些人看到他忽然出現確實非常震驚。原本打算趁他不在搞鬼的人，也都摸摸鼻子縮了回去。但他們就像水蛭一樣，拔掉了又會找機會吸上來，絕對不會退縮。

有人要求跟他合資，有人要金援，有人賣人情要他放一條生路，當然還是有人想嫁女兒給他。

想到本來用來和奈亞提相處的時間，全用在這些垃圾身上，他就感到無限惋惜。

走進奈亞提的房間，他早就睡了。獨孤巖並不失望，洗過澡換上睡衣，就跟昨晚一樣爬上床。這時奈亞提動了。

嗤的一聲，一陣水霧朝獨孤巖噴來，房間裡瞬間瀰漫著茉莉花的香味。

奈亞提握著香水瓶，興奮到不能自已。

贏了！他打倒獨孤巖了！

咦？

獨孤巖動也不動，定定地看著他。沒有氣喘，也沒有頭暈。

怎麼會……

奈亞提不信邪，硬是朝他又多噴了好幾下，噴到他自己打了個大噴嚏，獨孤巖一把壓下他的手，奪走香水瓶。

「夠了吧？香水太濃會變成臭味的。」

「為什麼……」奈亞提無法置信。

獨孤巖自己也咳了幾聲，按下空調遙控，把過濃的香味吹走。

「我今天一直很好奇，你為什麼要摸進我書房偷錢，原來是為了買這個啊？」

「你……你又監視我！」

「拜託，我老早就裝好監視器了。書房裡全是機密文件，當然要防備。」獨孤巖說：「所以你是拜託傭人去幫你買的嗎？我家裡不准出現這東西的，你是用什麼藉口？做研究？還是得了沒有茉莉香水就會死的病？」

「……我說是送家人的禮物。」

「不錯不錯，越來越懂人情世故了，所以連續劇還是有用嘛。」獨孤巖笑了。「你一定在想，為什麼香水沒用，對吧？」

他把奈亞提壓倒在床上。

「你想想，當一個人從小被敵人包圍，等著找出他的弱點致命一擊，他該怎麼辦？」

奈亞提頓時領悟，「製造一個假的弱點……」

「沒錯！聰明的孩子。」

「可是克勞麗莎說她看到……」

「那當然是演戲給她看的啊，到現在那所學校所有的人都以為我對茉莉過敏。總之這種風聲傳出去，將來誰用茉莉對付我，誰就是我的敵人，你說是不是很方便？不過一旦用這招的人是你，感覺就非常可愛呢。」

「不要說我可愛！」

獨孤巖的臉朝奈亞提逼近。

「攻擊失敗的懲罰是什麼，你應該沒忘吧？」

「你這……萬年發情……嗯嗯……」

奈亞提的脣又被堵住，相隔相近一個月的吻，感覺比之前更加熱烈、狂野，吻得他幾乎忘了呼吸，眼前一片繚亂。而獨孤巖的手，又隔著衣服不安分地在他身上游走。

忽然獨孤巖放開奈亞提的脣，看著他急促地吸取氧氣，輕笑一聲，稍微往後退了一下。

「自己脫吧。」

「什麼？」奈亞提睜大了眼。「這什麼噁心的要求！」

「我工作一天很累了，只想輕鬆地欣賞你美麗的身體，這樣怎麼會噁心？」

「光聽就很噁心！」

「哦，所以你是寧可我粗暴地撕掉你的衣服，把你撲倒，也不願意自己脫囉？」

「我……我兩個都不要！」

「那你想怎麼做呢？」

怎麼做？奈亞提很清楚，現在獨孤巖身上沒有魔眼，他大可翻身跳下床破窗逃走，獨孤巖絕對追不上他。

但是，他早就已經決定在戰勝之前不離開的，哪能這樣落荒而逃？

況且經過那樣的熱吻和愛撫，他的身體內部已經燃起熊熊火焰，把理性燒掉一大半。要他在這種時候離開，根本是不可能的事。

一咬牙，他遲疑地解開睡衣鈕釦。心裡只有一個聲音——我瘋了，我一定是瘋了……

獨孤巖看著他慢吞吞的動作，一面忍著笑。但是他很快就笑不出來了。

奈亞提低垂著眼，隔著睫毛仍可看到他閃爍的眼神，牙齒微微咬著下脣，充滿羞慚，卻又欲拒還迎。內心的交戰使他顯得更誘人，也讓獨孤巖感到強烈的饑渴。

瞬間，他好整以暇的悠哉沒了，他撲倒奈亞提，粗暴地扯破還剩一顆釦子的上衣。

「夠了，我不等了！」

「你真的是……」奈亞提根本找不到字眼罵他。

獨孤巖啃上他的頸項，不時貪婪地舔拭著。

「你知道我這幾天怎麼過的嗎？天天跟一群廢物周旋，腦袋裡卻一直想著你。今天一個白痴上臺講了三十幾分鐘的廢話，我腦袋裡只想舔遍你的臉、你的胸口、你的腰，還要一次又一次地摸遍你的皮膚，又滑又順……」

奈亞提的耳朵快要燒起來。「不要說了！」

「為什麼不能說？」獨孤巖舔過他一邊的乳頭，用力一吸，奈亞提驚喘一聲，全身戰慄不已。「只有這種時候，我才覺得我活著，忍受那些人才有意義。你懂嗎？你懂嗎？」

「我……」

在他脣舌和手指並用之下，奈亞提的下半身早已溼成一片，強烈的慾火升到爆炸的邊緣。他的腦袋根本沒辦法思考，又該怎麼回答？

而獨孤巖的手指正充滿惡意地在他的慾望中心徘徊，不時地逗弄著，讓他敏感的身體越來越無法承受，卻又不肯讓他滿足，這讓奈亞提的理智逐步崩潰。

最後他閉緊眼睛，橫下心大聲說：「要做快做啦！不要講莫名其妙的話！」

獨孤巖笑了。「沒問題。」

他挺進奈亞提的身體，奈亞提眼中立刻溢出了滿足的淚水。獨孤巖看著陷入慾海的他，自己也更加興奮。

他激烈地律動起來，洶湧的情浪瞬間淹沒了兩人。

※

「咚。」

這是奈亞提的額頭和走廊的柱子接觸的聲音。

不是不小心撞到，而是只要想起昨夜的種種，就有種衝動把額頭往柱子上靠。

很好，他又突破了恥辱的新境界。

自己脫衣，自己要求，更別提之後的種種回應，熱烈配合……

「咚。」

他又往柱子上敲了一下。

到底為什麼要跟著獨孤巖回到宅邸來？難道是為了做這種事，讓自己恥上加恥嗎？

雖然極度羞愧，他倒是沒有像上次那樣痛不欲生。

「只有這種時候我才覺得自己活著」，這是獨孤巖說的話。

奈亞提頓時滿臉通紅。

現在才知道獨孤巖是如此渴望他，還為了他失去冷靜。所以他並不是單方面被控制玩弄的玩物，他們兩個一樣丟人現眼。

想到這點，心情就好多了。

話說回來，這麼一點不足為道的小事，居然就能改變他的心情，這不就表示他已經廢到無藥可救了嗎？

「咚。」真想把腦袋敲破啊……

「你在做什麼？」

克勞麗莎忽然出現，一臉震驚地看著他。

「沒事，我只想讓腦袋清醒一點。」

「我覺得用冷水洗臉比較有效。對了，我要去一趟溫室，你要一起來嗎？」

「好啊，反正沒事。」奈亞提注意到她捧著一個盒子。「那是什麼？」

「給花匠的東西。」

奈亞提跟著克勞麗莎來到溫室，這裡全由玻璃打造，從外面就可以清楚看到裡面放著許多長桌，長桌上全是一盆盆的植物。

一進溫室，克勞麗莎拉開嗓門呼喚：「小安！」

「什麼事？」

溫室的另一頭，一個彎著腰的男人回應著，站起身來。

這男人年紀和克勞麗莎差不多，身高也相近，一頭褐色微捲的頭髮，細長憂傷的眼睛。雖然皮膚黝黑，體格結實，卻有種不太健康的感覺。

「鬱金香的球莖來囉。」克勞麗莎指指手上的盒子。

「太好了。」小安快步走過來接過盒子。「這已經預冷過了吧？那就可以定植了。」

「小心點，這些球莖很貴的。對了，跟你介紹，這位是總裁的朋友，奈先生。」

小安很有禮貌地向他點頭招呼。「你好。要不要一起來種鬱金香呢？機會很難得哦。」

「不要。」奈亞提一口回絕。「種植植物是農奴做的事。」

在阿薩托星，除了戰士以外，從事其他工作的人都是卑賤的農奴。

一陣尷尬的寂靜後，克勞麗莎打圓場。

「也許你國家的習俗是這樣，但如果暫時拋開習俗的話，種植本身是賜予植物生命的行為，你不覺得感覺很像神嗎？」

奈亞提一呆。「這我倒是沒想過。」

他這雙手曾經奪走許多生命，卻從來不曾賜予生命。

「……那我來試試吧。」

小安笑了，潔白整齊的牙齒閃閃發光。

「不如來場比賽如何？看誰的球莖先發芽。」

「可以啊。」

一聽到比賽，奈亞提就來勁了。

在溫室裡度過愉快的一天後，接下來奈亞提的心情就一路壞到底了。

※

為了重要的合約談判，獨孤巖連著好幾天在飯店過夜，完全沒回家。奈亞提本來覺得沒什麼大不了，但是很快地，強烈的空虛就吞噬了他。

他白天無精打采，站在窗前俯瞰花園，晚上也總是睡不著，走到宅邸的大陽臺上仰望星空，完全不知道自己該做什麼。

克勞麗莎看他閒得發慌，吩咐司機載他出去兜風。但是在城市裡轉了半圈，奈亞提就沒勁了，要求回家。

他想到獨孤巖的書房裡裝了監視器，就跑進去大翻特翻，還得意洋洋地對著鏡頭奸笑，以為獨孤巖會很快衝回來，結果卻失算了。

由於談判進行得不順利，獨孤巖連看監視畫面的時間都沒有。

奈亞提想到獨孤巖現在甚至不擔心他逃跑，擺明沒把他放在眼裡，不禁火冒三丈，乾脆大步走出獨孤花園逃給他看。

然而走在地球的街道上，他完全提不起勁觀察地球的動態跟科技水準，只覺得心中空空如也，哪裡也不想去，什麼也不想做。

走到十字路口，對面大樓的電視牆正在播連續劇預告，男主角對女主角說：「我不會天天盯著妳的。因為我信任妳。」

奈亞提想到獨孤巖親手把影片交給他處理，在下山之前還把魔眼取下裝進盒子，那絕不是輕視的舉動。是信任。

他們約好了要堂堂正正決鬥，那是獨孤巖信任他的承諾。

如果他就這樣逃走，那不就表示他是個不值得信任的人嗎？

最後他還是默默地回到大宅，克勞麗莎開心地招呼他喝下午茶，完全不知道家裡剛上演過外星人大逃亡。

這天奈亞提走進獨孤巖臥房，開始翻他的東西，理由是「尋找獨孤巖的弱點」。但他卻把所有時間都用來東摸西摸，摸獨孤巖的衣服、書本、文具、相簿，摸遍獨孤巖碰過的所有東西。

光是做這些事，就會讓他心情稍微好一點點，隨即又感到胸口隱隱作痛。

到底為什麼會痛呢？中毒了嗎？

耗了半天，他有點睏了，乾脆往獨孤巖床上一躺。寢具上全是特製古龍水的香味，是他早已習慣，獨孤巖的味道。

奈亞提輕歎一聲，沉沉入睡。

半夢半醒中，他察覺身邊有人走動。還沒分辨出是敵是友，一個物體朝他身上蓋下來。奈亞提翻身跳起，一把抓住來人的手，才發現是克勞麗莎。

她的藍眼瞪得大大地，寫滿錯愕。

「你……你怎麼了？」

「妳在這裡幹什麼？」

「我在做例行打掃，看你睡著了想幫你蓋個毯子。可以放手嗎？很痛呢。」

奈亞提鬆開了手。他下意識手下留情，否則克勞麗莎的手早被擰斷了。

「妳忙吧，我出去了。」

「不用了，你剛好可以幫忙。」克勞麗莎一面拉開床頭櫃的抽屜，一面把一個小盒子遞給奈亞提。「可以幫我把這個放在更衣室的置物架上嗎？」

奈亞提接過小盒子，卻瞬間強烈暈眩、全身無力。他跌坐在地上，手上的盒子也滾落，裡面的東西掉了出來。

「是魔眼？」奈亞提倒抽一口氣。「把它拿開，快拿開！」

「好好好，別急。」

克勞麗莎連忙把魔眼掃進盒子，拿進更衣室。盒子一離開視線，奈亞提立刻覺得好多了。

「不好意思，」克勞麗莎走出來，「我不曉得你這麼討厭那個東西。其實我也覺得那塊琥珀超邪門的，當年在學校第一次看到的時候，還以為獨孤是什麼邪教教主呢。」

「沒事。」奈亞提擦去額頭冷汗，「我出去了。」

克勞麗莎叫住他。

「明天年會就結束了，明天晚上宅邸裡會舉行晚宴招待參加者，可能會有點吵。請你再忍耐一下，很快就可以見到獨孤了。」

奈亞提滿臉通紅。「我……我才不想見他！」

說完他便奪門而出。

那天晚上，奈亞提失眠了。一下子想到自己在克勞麗莎面前出醜，一下子又想到獨孤巖明天就回來了，只覺得全身彷彿有火在燒，乾脆跳下床，到院子裡吹風。

這天是滿月，月光把地面映成銀白色，莫名有種潔淨的感覺。

奈亞提明明知道月亮不過是地球的衛星，沒什麼大不了，但當他沐浴在月光中時，卻產生了被月亮安慰的錯覺。

心中滿滿的矛盾、迷惘、孤獨和期盼，也只有月亮能懂。

他到底在等什麼呢？他的未來又會走向何方？

忽然兩盞大燈打在他身上，奈亞提驚訝地看著獨孤巖的車開過花園，緩緩朝他靠近。他不由自主地大步向前，也許有點小跑步，迎向那輛車。

獨孤巖下了車。「你怎麼在這裡？」

奈亞提一呆，發現自己很難回答這問題。

「因為……房間很熱，我出來吹風。」

獨孤巖一臉了然於心的表情。

「你在等我。」不是問句，是肯定句。

「我說了房間很熱……」

「你的房間裝了特殊空調，溫度、溼度還有氣壓都調到最適合你的狀態，你要是連房間都待不住，現在早就倒地不起了。」

獨孤巖斬釘截鐵地駁回奈亞提的藉口，又往他靠近了一步。

「你、在、等、我。」

奈亞提的臉紅了起來，想回嘴又說不出話來，只得不甘心地瞪他。然而一接觸到獨孤巖的視線，忽然一陣心慌，他直覺地垂下眼睛。

這副羞澀的模樣讓獨孤巖再也忍耐不住，將唇貼了上去，貪婪地吸取睽違數日的氣息。

奈亞提有些笨拙地回吻他，唇上的溫暖成了他一生嘗過最甜美的東西。他忘了他的不甘心、他的羞愧，全心全意沉醉在唇舌的交纏中。

等他被推倒在跑車的車前蓋上，感覺獨孤巖微涼的手指從上衣下襬侵入，一路爬上胸口，在胸前的小點上忽輕忽重地揉按，他才驚覺不對勁，手忙腳亂地推著獨孤巖。

「你在幹什麼啊，以為這裡是哪裡？」

這不成了真正的野合了嗎？

獨孤巖拉開他上衣的領口，輕輕舔著肩頸交會的地方。

「這裡是我家，怎麼了嗎？」

「不是……要是被屋裡的人看到……嗯……」

獨孤巖一路往上舔到耳根，輕咬了耳垂一口，滿意地感覺到奈亞提一顫。

「當總裁的好處，就是不管你做了什麼，員工都會假裝沒看見，就算看見也會努力忘記。」

他性急地抓住奈亞提的衣領並扯開，外星戰士平整結實的胸膛一覽無遺，在月光下更加耀眼魅惑。細緻的鎖骨、略紅的乳頭和纖細的腰身，獨孤巖著迷地用舌頭品嘗，一處也不放過，另一隻手撫摸著結實的腿間，緊致的臀瓣，那手感真是讓他欲罷不能。

「呼……哈……」

奈亞提的心跳和呼吸都陷入紊亂，每一寸肌膚都變得極度敏感，只要被獨孤巖輕輕一碰，立刻就會著火。而當獨孤巖微涼的手指侵入體內，擴張通道時，慾火升得更快。

他腦中一片空白，忘了他的顧慮和羞恥心，無意識地開口：「你……快……」

「沒問題。」

當獨孤巖的身體覆蓋上來時，奈亞提被那久違的熱度驚得倒抽了一口氣，但是充實的酥麻快感隨即支配了他。他的頭後仰，雙眼不由自主地熱淚盈眶。腰身忘情地配合獨孤巖的動作扭動，激烈的戳刺趕走盤踞心頭的空虛。

「啊……啊……獨孤……獨孤……」

聽著這迷茫欲泣的聲音呼喚自己，獨孤巖感到前所未有的狂喜。

果然，他非要奈亞提不可。

他絕對，絕對不會讓奈亞提離開！

在狂亂的喘息聲中，兩人到達了絕頂，隨即緊抱著癱在車前蓋上休息。

「年會結束了。」獨孤巖的嘴脣仍然貼著奈亞提的耳朵，「我以後不會再離開你那麼久了。」

「誰理你……」奈亞提還在嘴硬，但水濛濛的眼神和緋紅的雙頰卻讓他毫無說服力。

「明天晚上呢，家裡會開晚宴，來的都是些無聊的人，而且很吵。你不太適合跟那些人見面，所以到時就待在房間裡不要出來。」

「你們地球人最無聊了，把重要的金錢跟時間拿來吃喝玩樂，真是墮落到極點。」

獨孤巖悠然地笑著。

「這其實也是一種戰鬥哦。表面上在吃喝玩樂，骨子裡人人都在找機會攻擊對手。要是一個不小心，晚宴過後可能就沒有立足之地了。」

「聽起來還挺有趣的。」

「理論上是啦。不過，反正最後贏的一定是我，沒什麼刺激感。你有興趣的話，我把宴會廳的監視影像傳到你房間，讓你看看是怎麼玩的。你如果覺得寂寞的話呢，只要打開電視就可以看到我了。」

「我才懶得看你……嗚！」

奈亞提瞪大了眼，因為獨孤巖的兩隻手指再度侵入他體內。

「喂，你有完沒完啊！」

「別擔心。」獨孤巖繼續在他體內橫行，嘴上說著：「這幾天都在工作，我也累了，不會做得太過分的。現在只是要加強一下，讓你的身體牢牢記住這種感覺。」

「有什麼好記……啊……啊……」

「這樣你明天雖然看不到我，你的身體還是可以感覺到，我就在這裡。」

「你……真下流……嗚！」

已經充分擴張過的密道，又被輕易地侵入，使本來麻痺的感官又再度甦醒。強烈的酥麻感延著脊椎上竄，雙腿痙攣，奈亞提得拚命克制才不至於亂踢。他徒勞地抓住獨孤巖的手腕，哀叫著：「住手，住手啊……」

他臉上的陣陣紅暈，和吐出的熱氣，讓獨孤巖也興奮了起來。

「決定了，到車裡再做一次。」

「什麼？等一下！」

結果那一晚，獨孤巖把這幾天沒做的份全補上了。

※

第二天，奈亞提一起床就全身痠痛，他忍不住在心裡罵了獨孤巖幾百次。

晚宴的準備工作到達顛峰。包含克勞麗莎在內，每個人都忙碌不已，屋子裡隨時都有人來來去去，簡直就像阿薩托遠征軍出發前的盛況。奈亞提受不了屋內的忙亂，便到花園遛達。

他本以為這樣可以清靜點，沒想到花園裡也是人來人往，不是忙著修剪樹木，就是在樹上掛一堆奇奇怪怪的東西，比屋內還要吵。

奈亞提無奈地在噴水池邊坐下，看著地球人團團轉。

「早啊。」

是花匠小安，他抱著一株名貴的盆栽。

「你好幾天沒來溫室了，鬱金香快發芽了，有空來看看吧。」

「好。」

奈亞提注意到小安變得很憔悴，雙眼浮腫還布滿血絲，笑容也很勉強，大概是忙著布置花園太累了。

小安忽然又冒出一句：「總裁昨天回來了，今天一大早又出去了。」

「對啊。」

奈亞提莫名其妙，他說這個要做什麼？獨孤巖回來又出去，有什麼大不了？

他忽然心裡一驚，這人該不會是……看到了吧？

一想到昨晚的荒唐，奈亞提立刻臉紅過耳，幾乎無法正眼看小安。

小安淡淡地說：「我想勸你一句，先愛上的人就輸了。」

「什麼意思？」

小安沒回答，抱著盆栽離去，留下奈亞提一頭霧水。

※

天黑了，獨孤大宅亮了起來。

每一扇窗戶都透出耀眼的燈光，映著那些源源不絕、開進花園的名牌車，以及下車的上流人士。悠揚的音樂在宴會廳飄揚，傭人們端著一盤又一盤的佳餚美酒四處遊走，到處都是賓客們的歡聲笑語。

奈亞提盯著大螢幕，一面食之無味地吃著自己的晚餐，只覺得煩躁。浪費、虛華又無聊，地球人真的很會做沒意義的事。

他最不明白的是，既然獨孤巖自己也覺得很無聊，為什麼還要做呢？

畫面中的他，全身穿著打扮無懈可擊，在人群中從容地周旋著。臉上掛著完美的職業笑容，但奈亞提看得出來，他的眼神奇冷無比，感覺就像自己當初從高空的飛船俯視地球人一樣，完全沒把眼前的客人當人看。

然而奈亞提畢竟是以外星人的立場看地球人，獨孤巖卻活在一群他無法忍受的同族之中，日子一定過得很累吧？

這時獨孤巖打發掉一個纏著他喋喋不休的客人，抬頭看著監視器鏡頭，眨了眨眼。奈亞提不禁臉又紅了。

搞什麼，只不過眨個眼，自己幹麼反應這麼大？

「茶點來囉。」克勞麗莎端著奈亞提的茶點進來，隨即在他身邊坐下。「不好意思，借我躲一下，我快累死了。」

她看著螢幕上的實況轉播，不屑地搖頭，「真受不了，一群勢利眼。自以為高人一等，踐得二五八萬，一碰到獨孤馬上就跟狗一樣狂搖尾巴。」

「他們很怕獨孤？」

「那當然啦。獨孤一句話，可以讓他們大賺或是損失幾十億，所以每個人都忙著巴結他。」她看著螢幕說：「但只有這個傢伙例外。」

奈亞提看向她指的人，是一個青年，微捲的頭髮，身材壯碩，卻給人一種軟弱的感覺。可能是因為他尖而細長的臉上掛著傲慢自誇的表情，顯得很膚淺。

青年大步走到獨孤巖面前，似乎對他吼了一些話。影像沒有聲音，奈亞提聽不到他說什麼。只見獨孤巖冷哼一聲，沒有回答，只是微微偏頭看著他，完全不屑跟他說話。

青年得不到回應，氣急敗壞，罵得更激動，甚至想動手拉扯獨孤巖。這時一個中年人快步走過來拉住他，兩人糾纏不清。

中年人一面把青年擋在身後，一面不斷向獨孤巖道歉，獨孤巖懶得理他們，扭頭就走了，留下破口大罵的青年和焦頭爛額的中年人。

「那些人是誰？」奈亞提問。

「老的是烈陽集團的總裁陽勝天，年輕人是他的小兒子陽聖文。他還有個大兒子陽聖晏，是我跟獨孤在克勞迪斯學院的同學，也就是獨孤的室友。」

奈亞提心中一緊。

「就是跟他絕交那個？」

克勞麗莎點頭。「陽聖晏跟獨孤巖絕交以後，心情一直很不好，後來沒畢業就離家出走、下落不明，已經失蹤十年了。他弟弟到處放話，說哥哥失蹤是獨孤害的。他剛剛一定也是為了哥哥在找獨孤麻煩。」

「這只是遷怒吧？」

「是啊。而且烈陽集團一直在爭取跟飛颺集團合作投資，他老爸根本不敢得罪獨孤，所以陽聖文不管再怎麼吵，都只是在鬧笑話而已。」

奈亞提搖頭。「只不過是絕交而已，有必要離家出走嗎？他那哥哥也太可笑了。」

克勞麗莎輕笑一聲：「你應該知道吧？對我等凡人而言，獨孤就像太陽一樣耀眼，所以大家都忍不住想要靠近他。問題是太耀眼的光會帶來更深的陰影，所以越是靠近他，陰影就會越黑。陽聖旻輸給了心裡的陰影，只好離開了。」

她指著螢幕，這時的獨孤巖又再度被一群人包圍，每個人臉上都寫滿了「羨慕」、「嫉妒」、「貪婪」。

「看到沒？獨孤的光芒把這些人的醜陋面照得更清楚了。恕我失陪，我得下去收拾殘局了。」

克勞麗莎離開後，奈亞提就著她的話玩味再三。

跟獨孤巖靠太近會映出自己的黑暗面。

全世界應該沒人比他跟獨孤巖靠更近了，那麼，在獨孤巖光芒映照下的自己，是什麼樣子呢？

螢幕裡傳來音樂聲，樓下開始跳舞了。獨孤巖也摟著一個年輕女子，在舞池中迴旋。那名女子雙眼閃閃發光地看著獨孤，顯得一臉幸福。

奈亞提可是一點也不幸福。

幹什麼啊，靠太近了吧？抱那麼緊做什麼？

根據他在電視劇裡的瞭解，地球男女都是先藉著跳舞肌膚接觸，接下來就野合了。還說什麼「跳舞是禮貌」，根本就是在準備交配！下流到極點！淫蕩！

奈亞提覺得彷彿有一群宇宙飛蟲圍著他嗡嗡叫，吵得他焦躁難安，一刻也坐不住，乾脆關掉電視走出房間。

問題來了，他該去哪裡？

去找獨孤巖？找他做什麼？抗議他跟別人貼太近？不行吧。

獨孤巖跟誰跳舞，關他奈亞提什麼事呢？況且此刻的自己也不適合在那麼多地球人面前出現。

他勉強可以和克勞麗莎、小安以及宅邸裡的其他傭人互動，因為這些人都很識趣，不會做出讓他心煩的事。但是要他去跟那一群跩得二五八萬，又對著獨孤巖搖尾巴的低等人類打交道，那可是比死還難過。

他在無人的長廊上徘徊，試著揮去心中的煩悶。

這時接待室的門打開，一個渾身酒味的男子跌跌撞撞地走出來，正是之前在宴會上對獨孤巖叫罵的陽聖文。原來他被自己父親趕出宴會，心情煩悶，竟然溜進了獨孤家的接待室，狂喝酒櫃裡的酒。

「哦，好個花美男，原來獨孤喜歡這型的啊。」陽聖文醉眼迷濛地盯著奈亞提，「喂，這位小哥，你要不要換換口味，改幫我服務一下？我出的價碼可不輸獨孤巖哦。」

奈亞提冷冷地看了他一眼，轉身走開，陽聖文伸手拉住他。

「喂，你那是什麼態度啊？一副看不起人的嘴臉！你知道我是誰嗎？我可是堂堂烈陽集團的二少爺！你要是太囂張，小心我讓你流落街頭沒飯吃！」

話才剛說完，他的身體就在空中轉了一圈，重重摔在地上。

奈亞提一甩手。「臭死了，不要隨便碰我。」

陽聖文喝得太醉，完全不覺得痛，立刻爬起來。

「你、你、你這小子，跟獨孤巖一樣目中無人！今天我要是不把你打到跪下來賠罪，我就不叫陽聖文！」

他再次朝奈亞提撲去，奈亞提厭煩到極點，輕而易舉地閃過，抬腳一踢，陽聖文飛出好幾公尺，又在走廊上滾了好幾圈才停下來。

這回他爬不起來了，躺在地板上放聲大吼。

「你們、你們全是些沒心沒肺的東西！所有人聯合起來霸凌我！這世界沒有天理！我到底做錯什麼？」

「你最大的錯，大概就是出生在這世上吧。」冰冷的聲音讓四周氣溫下降了幾度，獨孤巖走了出來，後面跟著一群被驚動的賓客。

「聖文，你到底在幹什麼？我不是叫你回家嗎？」他父親陽勝天快氣瘋了。

陽聖文吃力地爬起，「我還沒有為大哥討回公道，怎麼可以離開？」

「就跟你說你哥哥是他自己……」

「爸，你難道一點都不覺得奇怪嗎？大哥不會隨便拋棄家人，一定是獨孤巖對他做了很過分的事，他太痛苦才逃走的！今天一定要叫獨孤巖給我們陽家一個交代，到底對我大哥做了什麼事！」

獨孤巖根本沒理他，眼睛一直盯著奈亞提。奈亞提一接觸他的目光，頓時全身發燙，感覺到獨孤巖正用視線代替雙手，在自己身上做出種種不安分的事。

陽聖文仍在滔滔不絕。

「十年了，我哥哥沒消沒息。你就沒有一點良心嗎？你不擔心他的安危嗎？他一個人在外面流浪，萬一出了什麼事怎麼辦？萬一他病了？被搶了？獨孤巖！你到底有沒有在聽我說話？」

當然沒有，因為他正忙著視姦奈亞提。從臉到脖子，再滑入衣領，盡情愛撫那被布料蓋住的肌膚。

「你根本沒有人心對吧？我哥的死活你根本不管，對吧？」

他實在太吵，打擾了獨孤巖的興致。

獨孤巖厭惡地歎口氣，說：「他活的時候我確實管不著，但如果他真的死了，我倒是可以表示一下。」

他朝克勞麗莎一點頭，克勞麗莎立刻快步離開，很快地又拿著一個信封回來，交給獨孤巖。獨孤巖從信封裡抽出一疊鈔票，快狠準地甩在陽聖文臉上。

「這是我給的奠儀，收下吧。」

「你……你說什麼你？居然詛咒我哥！」

「這不是你自己開頭的嗎？」

幾個傭人上前，硬把陽聖文拖走。

「不要拉我，我不走！把哥哥還我，還給我！」

陽勝天看著自己兒子當眾失態又被拖走，一張老臉沒地方放，早早閃人了。

吼叫聲漸行漸遠，獨孤巖才轉頭對眾賓客說：「不好意思，讓大家見笑了。」

「獨孤總裁別客氣，這不是您的錯。不過，」其中一位客人指向奈亞提，「請問這位是誰？」

獨孤巖有如石像的臉，到這時才稍微加了些人味。

他走上前，把手搭在奈亞提肩上。「這位是阿奈先生，他是我最新的研究夥伴，我們正在一起研發新的航空技術。」

眾人一陣驚呼，開始頻頻追問。

「所以飛颺航空快要出產新的飛機了嗎？」

「是軍機還是民用機？」

「是噴射機嗎？」

獨孤巖把食指抵在脣上，「這是商業機密啊，各位。」

客人們發現自己失態，只得閉嘴。

「阿奈先生是飛行技術的天才，我能跟他合作實在非常幸運。只是他不太擅長社交，所以我請他住進我家，讓他不受外界打擾安心做研究。今晚的晚宴他也不能奉陪各位，還請見諒。」

他對奈亞提輕聲說：「你先回房間吧。待會有煙火秀，雖然不是什麼大不了的東西，打發時間倒是還可以。有興趣的話，你從房間窗臺可以看得很清楚。」

他之前對陽聖文說話，聲音冷得像冰刀一樣，足以割傷耳膜；對客人說話則是用無機質的聲音加上社交辭令，沒有半點誠意。然而對奈亞提這短短幾句，卻是充滿濃濃的關切和溫柔。

奈亞提身為戰士，感官原本就敏銳，聽了這聲音，瞬間胸口莫名漲滿，連骨頭都有些發軟。他覺得耳朵發燙，不敢多看獨孤巖一眼，點點頭後就快速離開。走的時候仍然感覺到獨孤巖的眼睛盯著他背後。

逃命似地回到房間，他靠在房門上喘息不止。

直到現在，他還能感覺到獨孤巖熾熱的目光在自己身上流連，甜蜜的聲音在耳邊迴蕩，將他所有的理智全部融化。

身體……好燙……快要受不了了，好希望獨孤巖快點回來……

他咬著下唇，對自己的不中用感到萬分羞愧，卻仍然壓不住慾火。

「砰！」

戶外傳來劇烈的爆炸聲，奈亞提驚跳起來，以為是敵襲。

然而窗口卻射進五彩的光芒，還有人群的歡呼聲。他走到窗邊，正好看到一道火柱衝上天空，在半空炸開，幻化成七彩的花朵。

這想必就是獨孤巖說的煙火吧？

奈亞提不屑地想，地球人太奢侈了，居然把珍貴的火藥拿來做這種沒用的東西，怪不得他們的武器爛得廢鐵一樣。

然而，接下來的無數道煙火用不同的速度、不同的軌跡、不同的色彩照亮天空，吸走了他的注意。

煙火居然還可以排成圖案呢！

獨孤家向來任何東西都只要最好的，他們家的煙火自然也是舉世無雙。什麼火樹銀花、煙火瀑布、愛心之類的老梗，完全進不了獨孤家的家門。他們每年用的都是煙火匠精心設計的最新花樣，然後再被其他人模仿。

彗星、銀河，還有一路飛騰而去的飛船，一個又一個看得奈亞提目不轉睛。這應該不是什麼大不了的技術，阿薩托星的工匠絕對也辦得到，但沒有人會想要這麼做。

奈亞提睜大了眼睛，努力把美麗的煙火盡收眼底。

地球還真是個有趣的地方呢。

獨孤巖和賓客們站在院子裡欣賞煙火，他從小到大看的，都是最新、最精美的煙火，早就視為理所當然，自然也不怎麼興奮。

但他一轉頭，看到二樓窗戶裡的奈亞提探出了身子，一臉驚歎地看著煙火。煙火的光芒照亮他的臉，讓他紅寶石般的雙眼閃閃發光，嘴角的笑容也燦爛無比，有如天真的孩童。

獨孤巖不由得想起第一次看到奈亞提的情景。那時他正用光幕和他最敬愛的亞弗殿下說話，臉上同樣是宛如人在天堂的表情。

然而這次，他感覺更開心了些。

獨孤巖覺得很愉快。知道自己能帶給奈亞提同樣的笑容，比談成幾百億的生意更讓他滿足，連帶著也覺得，這次的煙火還真不錯。

正確的說法是，地球這地方其實也挺不錯的。

因為這是他和奈亞提相遇的地方。

※

「可惡，可惡！」

被丟出獨孤大宅的陽聖文，正狠狠地搥著圍牆洩憤，不過不管再怎麼搥，痛的都是他自己。

「何必把自己弄得這麼慘呢？」

一個穿著黑色連帽大衣，戴著口罩的人影出現在他面前。

「你是誰啊？」陽聖文瞪著對方。

「這個不重要。重要的是，你沒有半點準備就去挑戰獨孤巖，是不是太無謀了點？」

「是要準備什麼？你以為獨孤巖會讓我帶武器進他家嗎？」

「所謂的武器，並不是單指刀和槍。能抓住敵人弱點的東西，才是最好的武器。」

陽聖文瞇起了眼。「意思是說，你知道什麼東西能抓住獨孤巖的弱點嗎？」

「我不是知道，我手上就有。」黑衣人的眼睛在帽子陰影下閃閃發光，「你要嗎？」

陽聖文更懷疑了。「你要給我？多少錢？」

「不用錢，直接給你。」

「什麼？」陽聖文不屑地嗤笑，「你唬我是吧？收著你的破東西，我不要！」

「我知道，你這種人八成認為錢可以買到一切，而重要的東西也一定要花高價。不過呢，我要的東西恰好是錢買不到的。所以我也不會跟你要錢。」

這奇妙的理論讓陽聖文一呆，他想了一下，才說：「把帽子拿下來讓我看你的臉。我至少要知道自己是在跟哪個怪胎說話，才能決定要不要相信你。」

「沒問題。」

看到黑衣人的臉，陽聖文先是錯愕，隨即大笑。

「原來……原來是這樣啊！好，就這麼說定了。東西給我，我會好好利用！」

※

第二天一大早，奈亞提就起床了。

由於昨天的宴會進行到深夜才結束，許多布置都還來不及撤掉，傭人們很多都帶著疲憊的表情。時間太早，連早餐都還沒端出來，奈亞提也不餓，便獨自到花園散步。

宴會結束後，獨孤巖就進了奈亞提的房間，把在宴會上累積下來的慾望，做了徹底的解決。之後他壓力全消，一夜沉睡到天亮，連奈亞提起床都沒察覺。

而奈亞提卻一夜無眠。他開始害怕了。怕他自己。

漸漸適應地球生活的自己、忘記初衷的自己，更可怕的是，輕易被獨孤巖一舉一動牽動情緒的自己。

看到獨孤巖跟別人靠太近就心情不好，聽到他柔聲說話就臉紅心跳，早上起來看著他平和的睡臉會覺得幸福……這到底算什麼？他不是為了打倒獨孤巖才來的嗎？

他越來越搞不清楚自己在做什麼了。

奈亞提搖頭揮去心裡的雜念，走向溫室，打算看看鬱金香發芽了沒。

這時他察覺背後有腳步聲。來人刻意放輕腳步跟蹤他，但是技巧拙劣，根本瞞不了他。

奈亞提飛快閃到對方身後，一把將他推倒在地，將手反扭到背後。

「好痛好痛！」男人哀號著。這聲音奈亞提聽過，又是陽聖文。

奈亞提早就看穿了，陽聖文的魁梧體格根本中看不中用，要壓制他完全不費吹灰之力。但是他忽然覺得有些暈眩，抓著陽聖文的手也有些顫抖。

「你想幹什麼，為什麼跟蹤我？昨天還摔不夠嗎？」

「不不，我知道你的本事，絕對不會自找麻煩。我只是、只是有個東西要給你，研究搭檔先生。」

「什麼東西？」

「在我上衣口袋裡。」

奈亞提放開他一隻手——

「拿出來。」

他可沒蠢到隨便伸手去拿不明物體。

陽聖文伸手從口袋中拿出一個東西，忽然迅雷不及掩耳地一扔。「接著！」

奈亞提直覺地接住那東西，瞬間全身無力，趴倒在地。

魔眼在他手掌心，冷冷地瞪著他。

陽聖文鬆了口氣爬起來，用魔眼的鍊子把奈亞提的雙手綑住。

「就勞煩你跟我走一趟囉。」

第四章

「老爺，我們已經四處找過了，都找不到奈先生的下落，而且沒有一臺監視器拍到他離開的情形。」

保全主任戰戰兢兢地報告著，看著獨孤巖越來越陰暗的眼神，他不由自主地摸摸自己的脖子，彷彿下一刻就會人頭落地。

獨孤巖仍然面無表情，拳頭卻握得差點出血。

剛從難得的美夢中醒來，卻發現奈亞提失蹤了。無聲無息，簡直就像蒸發一樣。這種感覺，比腦袋被隕石砸中還要難受。

難道奈亞提終究還是逃走了嗎？背棄了他們的約定，趁自己放鬆的時候轉頭離開？

但是為什麼？是因為昨晚的宇宙煙花讓他忽然開始想家了？或者他就是不想再看到獨孤巖了？

獨孤巖狠狠地咬牙，不可能！

如果真要逃的話，奈亞提可以趁他不在家的時候大搖大擺離開，何必等到現在？更何況，他也不可能在離開前，還專程對監視器動手腳。

想到這裡，獨孤巖稍微冷靜下來，開始思考。

奈亞提沒有逃跑，是被人綁架了。

問題是，誰有那個本事綁架阿薩托的一流戰士？他刀槍不入、身手矯健，力氣遠在地球人之上，地球上的武器和毒藥對他也沒有效果。就連獨孤巖自己也必須依靠魔眼的特殊力量才能壓制他。

想到魔眼，獨孤巖心念一動，快步走進他的更衣室確認一件事。

走出更衣室後，他殺氣騰騰地把克勞麗莎叫來。

「去給我調查陽聖文的下落。」

「陽聖文？你怎麼知道他跟阿奈的失蹤有關？」

獨孤巖厲聲說：「我是僱妳來問問題的嗎？快點查就是了！」

「好啦，火氣別這麼大。」克勞麗莎無奈地聳肩。

「還有，通知傭兵部隊，隨時待命準備出發。」他冷冷地補了一句，「用實彈。」

飛颺集團和許多大財閥一樣，僱用許多退伍軍人和專業打手做為私人武力。傭兵通常是擔任家族成員的保全工作，或是負責運送重要物品。傭兵部隊執行任務時，都會盡量使用非殺傷性的武器，除非是在戰場之類的高危險地區工作。

然而當獨孤巖要求傭兵出動，甚至使用實彈，就表示戰爭開始了。

※

這裡位在地下三樓，四周全是厚厚的水泥牆，還有鋼製的大門。水泥牆上掛著各式刀具還有皮鞭與手銬，牆邊站著一個巨大的藥櫃，裡面裝的絕不是感冒藥跟胃藥。

面對這些讓人不寒而慄的東西，被綁在正中央鐵椅上的奈亞提只覺得不屑。這裡面很多工具都是多餘的，他只需要其中一兩樣就能完美地解剖一個活人，根本不需要這麼多垃圾來占地方。

看來，不是地球的工具品質太爛，就是陽聖文的技術太爛，才需要以量取勝。

「歡迎來到我的研究室！」陽聖文戲謔地一拉身上的白袍，顯然只是穿來製造效果的，「看吧，不是只有獨孤有祕密研究室，我也有。不過這也不完全是研究室，我比較喜歡叫它娛樂室，或者——」

他眼神變冷，「拷問室。」

奈亞提脖子上綁著魔眼，暈得快要吐出來，全身彷彿有千斤重，連呼吸都很費力，但他仍然冷冷地說：「這就表示你這人很無聊，只能在這種地方娛樂，而且你人緣太差，問問題都沒人要回答你。」

陽聖文冷笑，把臉湊到奈亞提面前。奈亞提厭惡地轉開頭。

「不管願不願意，你遲早會回答的。所謂的研究搭檔是騙人的吧？你是獨孤巖的情、人。」

奈亞提完全沒料到會有這句，頓時滿臉通紅。

情人……這字眼聽起來太羞恥了！

「我、我才不是那種東西！」

「不用裝，答案全寫在你的臉上了。」陽聖文卑猥地笑著，「而且我跟獨孤巖的上一個情人很熟，所以直覺特別準。」

又是一個讓奈亞提措手不及的字眼。上一個情人？

「……誰？」

「還會有誰？當然是我那沒出息的老哥啊。」

這話有如砲彈，把奈亞提的腦中轟得一片空白。

他哥哥，陽聖晏，是獨孤巖的情人？可是獨孤巖明明說他們只是室友，是一起看流星的朋友。所以獨孤巖會對陽聖晏做跟對他一樣的事嗎？晚上會抱著陽聖晏睡嗎？會接吻嗎？

為什麼獨孤巖沒說呢？

最重要的是，為什麼他要在意呢？

陽聖文無視他的動搖，口沫橫飛地說：「我那老哥真的是丟人現眼。堂堂烈陽集團的大少爺，居然跑去幫獨孤暖床，整天像個小媳婦一樣跟前跟後，也不考慮一下家人的面子！搞到最後被獨孤拋棄，整天哭哭啼啼，最後居然搞失蹤，簡直笑死人了！不過咧……」

他露出得意的笑。

「也就是因為這樣，我才代替他成為第一順位繼承人，說來說去我還真該感謝獨孤巖呢。」

奈亞提冷冷地說：「所以昨天晚上那些大吵大鬧，『把哥哥還給我』全都是演的囉？」

「沒辦法，我總得在老爸面前表現一下兄弟情深嘛。不過呢，現在你在我手上，我以後就不用再演了。看得出來獨孤對你正在興頭上，只要我拿你的安全跟他談條件，他應該什麼都會答應吧？我該開什麼條件呢？」

他開始做白日夢。

「這樣吧，叫他把飛颺集團一年內拿到的所有合約，通通轉給烈陽集團，還要把他祕密研究室裡的研究結果全部送給我。這樣一來不但我老爸會高興，家裡其他老人也不敢再叫我敗家子了。」

「你別作夢了，我跟獨孤不是那種關係，應該是剛好相反。要是我不在了，獨孤只會高興得要命，什麼都不會給你。」

「是嗎？那我們來做個測試吧。」陽聖文從牆上的工具架拿下一把鋼刀。「切下你一根手指送回去，看看獨孤那張死人臉會變成什麼樣。」

看著他瘋狂的笑容，奈亞提很清楚，這個人就是標準的嗜虐狂，不管能不能得到好處，他一定會把落到他手中的人折磨至死。

他的手被固定在鐵椅把手上動彈不得，陽聖文硬把他握拳的手指扳直，一刀朝他的小指切下。

「噹！」

刀子斷了，奈亞提毫髮無傷。陽聖文驚得眼睛都快滾出來。

「怎……怎麼回事？」

「你的刀子是便宜貨。」奈亞提冷冷地說。

陽聖文大吼：「這是最高級的鎢鋼刀！」

他不信邪，手上的斷刀再揮向奈亞提另一隻手，這回刀子碎成三塊。

陽聖文像中了邪似的，呆呆地看著手上那殘破的刀，隨即大笑了起來。

「這真是、真是太稀奇了！你是什麼東西？超能力者？武林高手？還是獨孤巖做出來的生化人？」

沒一個答對。奈亞提不屑到極點，這傢伙到底有沒有腦？

「不管是哪一個都好。反正我挖到寶了！」

他雙手用力抓住奈亞提的臉，奈亞提反胃到差點吐出來。

「我可以把你租給各個研究機構，研究你的身體構造；還可以帶你上節目展示這刀槍不入的身體，烈陽電視臺只要有你就賺翻了。對了，你該不會還長生不老吧？那只要抽你的血就可以做出萬靈藥了！哈哈哈！不對，你皮這麼硬，血大概抽不出來。」

他在屋裡轉來轉去，興奮地喃喃自語。

「我得自己先做些測試，看看你身上到底還有哪些怪東西。好、好，這下可有得忙了！」

他一面碎念著，一面還不停地呵呵笑，看起來比宇宙怪蟲還要畸型。

接下來，陽聖文對奈亞提做了一連串的恐怖變態實驗：先是拿注射針筒戳他眼睛，結果針斷成兩截；用其他的器具切他的身體也同樣無效；在他身上潑油點火、潑酸潑毒，奈亞提身上的衣物全毀，本人毫髮無傷。

而陽聖文則隨著一次又一次的實驗變得更加瘋狂。

「誇張、太誇張了，又不是超人！看來我得給你照個X光，看看你的身體內部到底長什麼樣子……」他忽然醒悟，「說到你的內部嘛，獨孤巖應該很瞭解吧？看他對你著迷成那樣，想必你身體一定是又緊又熱又敏感啊。」

看到奈亞提臉色大變，他知道自己猜中，笑得更得意了。

「你放心，我沒有那種興趣，我會用其他方法來測試你的內部。」

他拿出一根約一公尺長的鋼針，尖銳的頂端閃著寒光。

「你說，拿這東西刺進你身體會怎麼樣呢？啊，乾脆再用火加熱吧！搞不好會比獨孤巖的那個更爽哦。」

奈亞提咬緊牙關，忍下心頭的寒顫。

他體內的皮膚沒有體表那麼強韌，被那個東西刺進體內，就算一時死不了，如果癒合速度不夠快，這個瘋子又一刺再刺的話，他大概就沒命了。

他的雙腿被強硬拉開固定，奈亞提眼睜睜看著那根燒得通紅的鋼針朝他的入口進逼，腦中思潮泉湧。

這是懲罰吧？因為他怠忽職責又欺騙長官，戰神要他付出代價。

只是……

他想到早上起床前，獨孤巖還在熟睡，人畜無傷的睡臉讓他不由得露出笑容。那大概是他這輩子最後一次的笑容吧。

要是當時能多看幾眼該多好……

「砰！」

隨著撼動建築物的巨響，鋼門朝內炸飛，插在兩面牆上。

獨孤巖肩上扛著火箭發射器，大步走進來。門外傳來頻繁的槍響和爆炸聲，是獨孤家的私人傭兵和陽聖文的保鑣群正在交手。

看到獨孤巖的臉，身經百戰的奈亞提也不禁全身惡寒。

他雙眼射出熊熊怒火，額邊爆起青筋，嘴角有些抽動，有如從地獄中爬出來的惡鬼。

他這輩子從來沒有這麼生氣過。

居然讓他的寶物，在他自己家中被搶走！而且對手還是這麼一個無腦無能的變態。獨孤巖放下火箭發射器，舉起手槍對著陽聖文。但這瘋子早已躲到奈亞提身後，抓著他當盾，手上的鋼針前端伸進了奈亞提的耳朵。

「放了他。」

獨孤巖的聲音冷得讓人直起寒顫，卻嚇不倒陽聖文，他反而把鐵針又往裡伸了一點。

「來，你開槍吧。你開槍，我可能就會嚇到手抖，把鋼針整支戳進你的心肝寶貝腦袋裡哦。」

獨孤巖面不改色。

「他是特殊體質，一根針傷不了他。」

「真的啊？那要不要來試試？」

陽聖文作勢要戳進去，獨孤巖厲聲大吼：「住手！」

奈亞提前天晚上要把翻譯機拿出來充電時，不慎刮傷耳道流血，雖然很快癒合，卻也證明他的內耳很脆弱，這一針戳進去只怕小命不保。

陽聖文知道自己勝利了，笑得囂張無比。

「所以說，獨孤總裁還是乖乖聽我的話比較好，是不是？」

「總裁！」

一群獨孤家的傭兵打倒外面的保鑣衝了進來，獨孤巖大叫：「別動！」

傭兵們只好乖乖站住。

「好吧，陽聖文，你想要什麼？別跟我說你要找你老哥，太假了。」

他說這話的時候，雙眼一刻也不曾從奈亞提臉上移開。眼中的擔憂讓奈亞提喉頭梗住，胸口漲滿，心臟幾乎要停掉。

那個全地球，不，全宇宙最傲慢、最囂張的獨孤巖，居然讓步了？為了他……

「不愧是獨孤總裁，非常識相。首先呢，麻煩你跟你的員工把武器丟掉吧。」

獨孤巖一點頭，幾個傭兵只好乖乖跟他一起把武器放下。

陽家的保鑣部隊進來拿走獨孤巖和部下的武器，陽聖文冷冷地發號施令。

「別打死。」

保鑣一槍打中獨孤巖的大腿，獨孤巖立刻倒地。旁邊的傭兵連忙用最快速度綁住他的傷口止血。

「獨孤！」

奈亞提失聲驚叫，用力掙扎，卻被陽聖文箍住頸子。獨孤巖哼也沒哼一聲，仍舊盯著奈亞提。

「然後呢？我知道你沒有這麼容易就滿足。」

「那當然。現在呢，要請你把你即將發表的新產品設計圖交出來，還有你跟十五個國家政府簽的合約，全部轉到烈陽集團。我還要你們公司的網路使用權。」

獨孤巖點頭，「可以，電腦拿來。」

「等等等等，」陽聖文說：「我聽說獨孤總裁的所有設計圖跟機密文件，都是用你的眼睛掃描加密的？如果不能解密，我拿到檔案也沒用。所以啊，就麻煩獨孤總裁挖一隻給我囉。」

傭兵們破口大罵，奈亞提也忍不住了。

「喂，你夠了哦！」

獨孤巖抬手要眾人安靜。

「你先放了阿奈。」

「好啊，我先一針戳進去再放了他。」

奈亞提忍無可忍，大叫：「獨孤巖，你要讓他囂張到什麼時候？快殺了他，不然就換我宰了你！」

獨孤巖慘白的臉上全是苦笑。「我也想啊，但是現在不是我作主。陽萎文，你拿個工具過來吧。」

陽聖文並沒對他取的綽號發火，只是命令手下拿了把鑿子給他。

奈亞提看著那漆黑銳利的鑿子，全身發抖。

開玩笑的吧？一定是開玩笑。

獨孤巖要把那個東西……戳進眼睛裡？

那雙有如深邃的潭水，讓奈亞提一沉進去就出不來的眼睛……

絕對不可以！

看著獨孤巖毫不猶豫地拿起鑿子，無視部下的勸阻就要往眼裡戳，奈亞提爆發了。

前所未有的怒火壓倒了魔眼的威力，他抓住陽聖文的手臂，用力把他摔飛出去，狠狠地撞上牆壁。然後他一腳踢飛了離他最近的陽家保鑣。

獨孤巖的傭兵立刻把握機會行動，跟陽家保鑣陷入激戰。

奈亞提飛奔到獨孤巖旁邊。

「你這白痴！為什麼做這種事？」

獨孤巖扯下掛在他脖子上的魔眼，交給旁邊的傭兵保管。

「你先穿上衣服我才跟你說話。」

「什麼時候了還管這些？快點走……」

「你的身體是我的！憑什麼要讓一大群人看光光？」獨孤巖額上青筋直冒，他的腳傷暫時要不了他的命，但他已經快氣死了。

奈亞提拗不過他，只得拿起牆上一件陽聖文的白袍披上。

「可以了吧？」

旁邊傭兵大叫：「總裁你們先走，這裡交給我們！」

奈亞提扶起獨孤巖走出研究室。研究室上方是一所荒廢的飯店，樓上還有些兩方的人馬在火併。兩人避開戰區，從側門走出飯店，然而獨孤巖的止血帶斷了，傷口開始大量出血，他膝蓋一軟差點跪倒。

奈亞提在他面前蹲下，「上來，我背你去醫院！」

獨孤巖的臉色白得可怕。「你會飛嗎？」

「少廢話，我跑很快！快上來！」

這時上空傳來一陣引擎聲，一臺直升機降落在荒地上。克勞麗莎從駕駛艙探頭朝他們招手。

「快上來！」

奈亞提喜出望外，正要衝上飛機，獨孤巖卻拉著他。

「不行……」

「什麼不行，你的血都快噴光了！」

奈亞提不由分說將他背起，用最快速度跳上直升機，克勞麗莎隨即起飛。

克勞麗莎張口大叫了一些話，但螺旋槳聲音太大，奈亞提聽不見。獨孤巖虛弱地指著座位旁的耳機，奈亞提戴上後立刻聽到克勞麗莎的聲音。

「椅子下面有急救箱！」

奈亞提拿出急救箱，為獨孤巖重新綁上止血帶，出血稍微減緩了些，但獨孤巖的臉色還是很難看。

奈亞提為獨孤巖戴上另一副耳機，兩人聽到克勞麗莎說：「你忍一下，我們馬上去醫院。」

獨孤巖閉著眼睛，輕輕笑著。「問題是，妳真的飛向醫院嗎？」

「你在說什麼啊？不飛向醫院要去哪裡？」奈亞提以為他昏頭了。

「你不覺得奇怪嗎？陽聖文怎麼會知道你怕魔眼、又怎麼會拿到魔眼？不只是拿，他還做了個假的掉包。還有，他怎麼有辦法潛入花園埋伏你？甚至關掉花園的監視器？他又怎麼知道我的檔案都用眼睛加密？」

奈亞提之前急著救獨孤巖的命，沒有餘力思考，現在一被提醒，才真正想通幾個疑點。

沒錯，魔眼應該放在獨孤巖的更衣室裡，怎麼會跑到陽聖文手上？除非是某個可以自由進出獨孤巖更衣室的人，掉包了魔眼並交給他。

而能做到這件事的人，只有……

奈亞提全身惡寒，望著駕駛座上克勞麗莎的背影。

克勞麗莎是管家，無論是掉包魔眼、窩藏外人或是在監視器動手腳，都是輕而易舉，她自然也知道獨孤巖的加密方式。這一來全都說得通了。

「不愧是獨孤，血都快噴光了，腦筋還是能用。」

克勞麗莎的聲音很平靜，但奈亞提已經激動到快要腦充血了。

「妳……為什麼要做這種事？」

克勞麗莎輕笑。

「我不是告訴過你嗎？獨孤巖是太陽啊。」

因為太過燦爛耀眼，以至於加深了別人的黑暗面。

「她恨我。」獨孤巖平靜地說：「她向來是站在眾人之上的天之驕女，我一出現她就成了第二，不管再怎麼努力都贏不過我，超級不甘心。我們畢業之前她就開始酗酒，本來是下任學院院長的頭號人選，卻也因此喪失資格，她一定覺得人生被我毀了吧。」

奈亞提大叫：「你既然知道，為什麼還要僱用她？」

「因為我缺管家啊，而且恨我的人那麼多，我哪有時間一個個迴避？」

「你……」奈亞提氣得差點咬到舌頭，這人到底是太聰明還是太笨？

「她來我家的時候，身上早已沒有以前那種恨不得把我大卸八塊的氣場，所以我很確定她已經認輸，不再想著整倒我才敢安心僱用她。沒想到我還是錯了。」獨孤巖苦笑，「這回確實是我太大意，我對不起你。」

克勞麗莎從頭到尾面帶微笑聽著兩人談論她，這時吹了聲口哨。

「哎喲，獨孤巖居然會道歉，真是世界奇觀呢，我也算是開眼界了。不過你也不用太自責，你並沒有看錯。我呢，早早就放棄打敗你了，現在只為了新目標努力。」

她轉過頭來，臉上的笑容閃閃發光，眼神卻冰冷無比。

「我的新目標就是，找出天下無敵的獨孤巖的弱點。不但如此，我還要知道你在弱點被掐住的時候，會露出什麼樣的表情。現在我終於看到囉。」她瞄了奈亞提一眼，「我這輩子沒有遺憾了。」

奈亞提眼前發黑。

就這樣？為了這種無聊理由，她害他被整得死去活來，獨孤巖還噴掉一半的血？

「是嗎？那妳可以心滿意足地去死了！」

他身體一動，克勞麗莎立刻一手按在操縱桿上。

「哦哦，在飛機上不要亂發飆哦，不然可是會墜機的。你也別這麼火大，我如果真想害死你們，又何必來接你們？不過現在既然弄成這樣，我也不方便再奉陪，能不能活命就要靠你們自己了。讓我們來看看獨孤巖到底是不是天選之人吧。」

她推開艙門，「跟獨孤巖靠太近的人都會壞掉，你自己多保重了。」

克勞麗莎說著便跳出機外，背上的降落傘隨即張開，連人帶傘消失在奈亞提的視野中。奈亞提急著鑽到駕駛座關上艙門，看著儀表板上滿滿的陌生指針，他深吸一口氣恢復冷靜。

「獨孤巖，快教我怎麼開地球的飛行器！」

「不用急，」獨孤巖微弱的聲音在耳機裡響起，「這架飛機的系統是我設計的，非常簡單。」

他對著自己的手錶念出目的地：飛颺集團醫院，然後把手錶遞給奈亞提。

奈亞提照他的囑咐，把手錶放進儀表板上的一個空格，手錶立刻和直升機連線，輸入目的地，接著手錶依序用語音報出儀表板上每個指針的內容和數值。

奈亞提畢竟是阿薩托星的天才飛行員，大致明白飛機狀況後，很快地掌握了操縱技巧。他抓住操縱桿調整方向，不小心用力太猛，直升機猛震了一下，要不是有安全帶，只怕兩人都會摔出機外。

「動作不要太大，輕輕轉。」獨孤巖半闔著眼，氣若游絲。

「我是故意的，免得你睡著。你可千萬不能睡，不然我就讓這東西在空中翻滾十圈！」

他放輕力道，小心地駕駛，不時出聲和獨孤巖說話。獨孤巖的回應越來越簡短微弱，讓奈亞提心中彷彿有把火在燒。

不久後，直升機總算在醫院屋頂降落。

「我就說吧，地球這些落後的東西哪裡難得倒我，你還不趕快跪下來叩謝我……喂，獨孤？獨孤！」

獨孤巖早已不省人事了。

※

獨孤巖送進手術室已經超過三個小時，奈亞提只能獨自在醫院的走廊上徘徊。

總裁受重傷，整間醫院自然進入一級警報，全體動員全力救治他。

宅邸的副管家和保全主任，還有獨孤巖的祕書也來了，抓著奈亞提問了一大串話，但奈亞提的翻譯耳機電力用盡，一個字也聽不懂。不過就算他聽懂了，他也沒有心情回答。

副管家帶了一套衣服給他，奈亞提乖乖穿上，免得獨孤巖醒來後又要叨念。

如果他還能醒來的話。

手術結束，獨孤巖被送入恢復室。奈亞提跟著其他人一起進入恢復室，看著他昏睡。夜深了，副管家回宅邸處理事情，其他人輪流去吃飯休息，只有奈亞提一直守在獨孤巖旁邊。

之前在戰爭中，他一個人被敵軍的中隊包圍，他不怕。斷了一條腿在沙漠裡掙扎行走，後面還有追兵，他也不怕。但是此刻看著獨孤巖深深沉睡，動也不動，奈亞提恐懼得全身發冷，五臟六腑擰成一團。

萬一他再也醒不過來怎麼辦？

光是想像那景象，奈亞提就覺得自己彷彿被放逐到宇宙邊緣，獨自在無限的黑暗中漂流。

正當他陷在絕望裡的時候，獨孤巖動了一下，嘴裡喃喃念著幾個字。

奈亞提聽不懂，但是從他的嘴型可以判斷，他說的是「阿奈」。

奈亞提再也忍耐不住，衝出病房，跑到花園裡放聲大哭。他哭得聲嘶力竭、全身發軟，直到再也哭不出來，才搖搖晃晃回到病房。

他看到病房門口擠滿了人，心裡一涼，難道……

用力擠開人群進入病房，立刻看到病床上有對眼睛盯著他。

獨孤巖醒了。

※

獨孤巖只在醫院住了兩天就出院，除了走路要撐拐杖之外，幾乎完全看不出受過傷。

然而他現在面對更大的問題——奈亞提又失蹤了。

雖說是失蹤，其實他人仍然在宅邸裡，只是沒有人能真正見到他。廚房裡的食物偶爾會消失、床上少了一條毛毯，除此之外，幾乎感覺不到他的氣息。

奈亞提擅長野戰，只需要一點點裝備就可以躲藏很久。

當然宅邸裡的監視器不時會拍到他的身影，但是等獨孤巖趕到的時候，他早就不見人影了。

這天獨孤巖運氣好，隔著走廊看到他，但是才剛要走過去，他已經跳出了走廊窗戶。

「喂，阿奈！」

沒有用，外星戰士竄進了花園裡，消失無蹤。

如果獨孤巖沒受傷，也許還有可能默默潛行到他身後，把他逮個正著，但是他現在拖著一條傷腿，根本辦不到。

「很好，」獨孤巖望著空蕩蕩的走廊，低聲說：「我跟你槓上了。」

他來到書房，開始畫設計圖，準備製造可以活逮不聽話小貓的工具。

雖說奈亞提應該比較像獅子，但是獅子才不會這麼彆扭。沒有任何理由，不說一句話就躲起來不理人，說他是小貓還太客氣了。

等逮到他，非好好教訓他不可！氣死人了……

獨孤巖忽然停下了工作，感到有些迷惘。

照理依他的個性，應該會認為這樣的捉迷藏很有趣，為什麼他現在只覺得火大呢？

也許是因為他受了傷身體不舒服，很需要溫暖，所以不能忍受奈亞提的疏遠。況且他千辛萬苦才把奈亞提救回來，他連聲「謝謝」都沒有，未免太不夠意思。

這種不甘願的心情，是否就叫做「撒嬌」呢？

獨孤巖苦笑一聲，繼續畫設計圖。

※

夜深了，奈亞提悄然無聲地進入廚房。

廚房裡沒有人，看來獨孤巖已經放棄埋伏在廚房裡等他的做法。

他的目標很明確，無視肉類和蔬菜，只拿容易保存、容易移動的醃製食物和乾糧，而且分量不能太多，反正他不像地球人那麼需要食物，不用增加自己的負擔。

正當他打開食品櫃準備拿一條火腿的時候，食品櫃裡射出一道光線籠罩他，奈亞提頓時動彈不得。

這正是奈亞提之前用來綁架獨孤巖的牽引光線。

幾分鐘後，獨孤巖拄著拐杖慢慢踱進廚房。

「你居然沒料到我會用這招，我真是太失望了。」

奈亞提沒好氣地說：「是啊，我還以為你鬼門關走一趟回來會安分點，看來是我想錯了。」

「我實在很好奇，你到底是做了什麼虧心事，才會不敢見人呢？」

奈亞提大怒，「你說誰做了虧心事？我才不是不敢見人，只是在鍛鍊而已。整天跟你們這些好吃懶作的地球人混在一起，害我身手變鈍才被綁架，所以我要重新鍛鍊筋骨！」

「在一個沒人敢傷害你的地方玩躲貓貓叫做鍛鍊？我還真是開了眼界。」獨孤巖一步步逼近他。「你在躲我。」

「我幹麼要躲你？」說是這麼說，他卻不自覺地迴避獨孤巖的視線。

「天曉得，大概是因為我識人不明僱了克勞麗莎，害你被綁架，所以你心裡不爽吧？說真的，這也未免太小心眼了。」

這麼蠢的推論，奈亞提根本懶得吐槽他。

「或者是，你已經不能再用『我是為了打倒獨孤巖才留下』當成藉口來自我安慰，覺得很羞恥，對不對？」

奈亞提臉色大變，獨孤巖則繼續說下去。

「你不敢承認，自己是因為想要待在我身邊才留下來，所以只好躲起來不見我，但是你又不想真的離開，只能在我的院子裡躲躲藏藏，對不對？」

「閉嘴，你給我閉嘴！」奈亞提大叫：「我的目標從來就沒變過，就是要打倒你，不，我要殺了你！你一天不死，我就沒有臉回去阿薩托星！」

「都到這地步了，你還想回去？是有沒有這麼傻？」

「我在那裡出生長大，我的一切都在那裡，怎麼可能隨隨便便就不回去？傻的是你吧！」

獨孤巖蹙緊眉頭，感到怒火快要衝到頭頂。

這傢伙真的是冥頑不靈！

他關掉牽引光線。

「所以你要殺我是嗎？那就趁現在快動手吧。我傷了腿，也沒戴魔眼，是最好的時機，你可要好好把握。有機會殺死敵人卻不出手，這可不是戰士應有的態度。」

奈亞提咬牙，「你當我不敢嗎？」

「我沒這麼說。」

奈亞提握緊拳頭，全身顫抖。

要他殺獨孤巖？如果殺得了的話，他就不會這麼痛苦了！

獨孤巖看他遲遲沒動作，冷笑一聲。

「征服地球可不能只靠一張嘴啊，侵略者小朋友。」說著就轉身離開。

奈亞提一股火氣沒地方出，把旁邊的碗盤全部砸爛。

獨孤巖說對了一部分，但也只有一部分而已。

他永遠不會明白，當奈亞提在醫院裡等他清醒的那段時間，忍受著多麼深的痛苦和惶恐。他害怕失去獨孤巖，更害怕失去自己。

不對，已經失去了。他再也不是至死方休的阿薩托戰士，而是……獨孤巖的生日禮物。

每當獨孤巖那雙奪人心魄的眼睛灼灼地看著他，他就完全無法思考。當那雙手摸上他的肌膚，他會瞬間忘記自己在哪裡，然後毫不猶豫地把一切都交出去。

這已經不只是可恥，是超越羞恥的極限了。

然而當他深陷在羞愧和迷惘中的時候，獨孤巖仍然沒有任何改變，就跟平常一樣，帶著冷靜從容的笑容，當他的大老爺，悠哉得讓人咬牙切齒。

只有他在痛苦，只有他在惶恐。這樣的寂寞，獨孤巖永遠不會瞭解。

沒有人會瞭解。

躲藏是為了暫時避開獨孤巖，讓自己稍微冷靜下來思考。然而他卻常常爬到最高的樹上盯著宅邸的窗戶，試著尋找獨孤巖的身影。

他也很清楚，與其玩這種無聊的捉迷藏，還不如直接離開，但是一想到獨孤巖腿上鮮血淋漓的傷口，還有毫不猶豫拿鑿子戳向自己眼睛的景象，奈亞提就一步也走不了。

在廚房被活逮後，奈亞提知道再躲也沒意義，乾脆把自己關在房間裡不見任何人。獨孤巖也有些動氣，沒去找他。

這天奈亞提照舊坐在窗前發呆，看到一輛黑頭車開進獨孤花園。車子在門前停下，兩名穿著黑西裝的男人下了車。

奈亞提一見到兩人，忽然感覺到強烈的不安，但自己也不明白原因。

兩人在新任管家的引導下進了大門，看來是獨孤巖的客人。

這時奈亞提忽然想通自己不安的理由。那兩個客人他見過，跟他同屬阿薩托特戰部隊第一軍團，只是隸屬另一個分隊。雖然髮色和眼睛顏色不同，但是五官和體型都一模一樣，而髮色和眼睛顏色是可以偽裝的。

奈亞提想也沒想，衝出房間。

他繞到接待室的窗外，小心地聽著房內的動靜。

「我的腿已經好得差不多了，很感謝坎貝爾總統的關心。」獨孤巖皮笑肉不笑地說著。

其中一名客人將一只用絲緞包住並繫著蝴蝶結的大盒子，放到了獨孤巖的面前。

「這是總統閣下送給總裁的禮物，希望您喜歡。」

「總統閣下太客氣了。」

奈亞提有些困惑，這個叫什麼坎貝爾的人似乎是獨孤巖的熟人，但阿薩托的戰士怎麼會變成那個人的手下？

這時他忽然想到一件事，心中大叫不妙。

獨孤巖伸手拆蝴蝶結，奈亞提看到兩個阿薩托人眼中露出得意的光芒，他不再多想，飛快地撞進了接待室，一伸手把盒子打飛。

「別碰！」

兩個客人跟獨孤巖一樣驚訝。

「奈亞提？」

「那是腦波儀，對吧？」奈亞提說：「你們想用它催眠獨孤，讓他變成你們的傀儡。」

「這是太子殿下的命令。」其中一人冷冷地說：「你有什麼意見嗎？」

一聽到亞弗，奈亞提頓時舌頭打結，全身石化動彈不得。

「看你這樣子，鐵定是叛變了吧？果然是骯髒的野合之子，專做骯髒事。」

來自阿薩托的刺客厭惡地說著，卻又露出得意的笑容。

「看來這回我們除了完成指定任務之外，還可以拿你的腦袋回去領賞，真是戰神的恩賜啊！」

奈亞提抓住獨孤巖，把他整個往窗外一扔，「跑！」

他隨即和兩人扭打在一起。

奈亞提的速度和體術在兩人之上，問題是兩人有武器，他是空手。他壓制其中一個人，奪下對方的槍，一槍射倒另一個人。然而被他壓制的戰士卻趁機反過來把他壓在地上，扭住持槍的手，把槍口朝向他的臉。

一聲悶響，奈亞提上方的人額頭噴出一道血柱，倒在奈亞提身上不再動了。

奈亞提推開他後勉強爬起來，看到獨孤巖站在窗邊，手上拿著一把槍，跟奈亞提之前用的很像，卻又不是。

「你怎麼會……」

「我從來就不認為你的長官會被幾句話嚇到退兵，所以我參考你的槍，仿製了幾把，以防萬一。」

奈亞提茫然點頭。「很好，不算太笨。」

他看著自己滿手的血，再看向兩具阿薩托人的屍體，頓時有了真實感。

他殺了自己的同胞。

從此刻開始，他成了貨真價實的叛徒。

背叛了國家，背叛了亞弗。

亞弗……

奈亞提的身體開始搖晃，獨孤巖扶住他，然後按下呼叫鈴。

之前三個阿薩托人大打出手的時候，獨孤巖就第一時間通知管家，要他嚴禁任何人靠近接待室，直到他呼叫為止。

按鈴後不久，五個身材高壯的保全走進來，面無表情地抬起屍體走了出去。

以前不止一次有仇家花錢僱殺手暗殺獨孤巖，然而每次倒地不起的都是殺手。殺手的後事每次都是由員工們草草處理，之後也沒有引起任何風波，獨孤巖更沒有被追究任何責任，大家早就見怪不怪了。

奈亞提靠在獨孤巖懷裡止不住顫抖，他臉上、身上沾滿了血，全是別人的。而自己內心的傷，不管流了多少血都看不見，也擦不掉。

獨孤巖拋開拐杖，腳步穩健地扶著奈亞提走進旁邊的浴室。他在大浴缸裡放了熱水，脫掉兩人的衣服、沾溼了毛巾，緩緩地擦拭奈亞提臉上的血跡。

「嘿，沒事的，沒事的。」

哄小孩般的語氣，還有溫柔的動作，讓奈亞提停止了顫抖。也許是因為浴室裡的熱氣，他眼前一片矇矓。獨孤巖吻去他臉上的淚水，細碎的吻隨即輕輕落在他臉上各處，最後停在他脣上。

他深深地吻著奈亞提，奈亞提也回吻他，隨著逐漸急促的呼吸聲，對彼此身體的渴望也越漲越高。

很快地，浴缸裡響起了激烈的水聲，還有抑止不住的呻吟聲。

在水霧中略呈粉紅的兩具身體，在水中緊緊地擁抱著、翻滾著。獨孤巖從受傷開始就一直壓抑的慾望，這時全爆發了出來。

他用盡全力，貪婪地把奈亞提跟自己貼合，完全不允許兩人之間出現任何空隙。

奈亞提也把他的愧疚和羞恥心，還有內心這幾天的動搖全拋到腦後，忘形地扭動腰肢，全心全意地索求獨孤巖的身體。充滿技巧的愛撫，一次又一次的插入，讓他進入忘我的境界，遺忘了心中的苦悶。

當一切歸於平靜後，在逐漸變涼的水中，奈亞提躺在獨孤巖懷裡，筋疲力盡地開口。

「你到底……把我變成什麼樣的人了……」

獨孤巖輕笑著。「這話是我要說的。」

※

「總統閣下，昨天有人假冒您的名義，跑來我家試圖綁架我，幸好沒有得逞，但是歹徒逃走了。所以我必須提醒您提高警覺，留意您四周是否有心懷不軌的歹徒潛伏。」

聽到獨孤巖這番話，螢幕上的坎貝爾總統面無表情，完全沒有驚訝的反應。

「好的，我會更小心，謝謝獨孤總裁。」然後就切斷了通話。

「看來他確實被洗腦了。」

獨孤巖關上電腦，把注意轉向旁邊的腦波儀。

「這招厲害。地球是被政治家跟財閥掌控的，只要控制這兩者，就可以輕輕鬆鬆掌握地球。你的上司腦袋不壞，可以稱讚一下。」

奈亞提躺在他身後的沙發上，白他一眼。

「還真悠閒啊。現在根本不知道你認識的人有哪些已經被他們控制，等於身邊都是敵人。況且他們這次失敗，一定還會再來第二次，下次我可沒把握能救得了你。你有空稱讚敵人，先想辦法保住自己的小命吧。」

「放心吧，我有法寶。不過既然你這麼擔心我，就麻煩你隨時守在我旁邊吧。」

奈亞提無奈地歎了口氣。講得活像他還有別的選擇一樣，他還能去哪裡？他真的很想拖著獨孤巖逃得遠遠地，跑到阿薩托軍找不到的地方躲起來。但是想也知道獨孤巖絕對不會同意，況且，他也不認為能夠永遠躲避亞弗的追捕。

一想到亞弗，奈亞提的胃裡就彷彿有把火在燒。

他真的要和亞弗為敵嗎？雖然他的種種行為已經等同叛變了，但不表示他有辦法對亞弗舉槍相向。

如果亞弗要殺獨孤巖……

奈亞提一陣反胃，正想衝進洗手間吐個夠，這時獨孤巖桌上的對講機響起，傳來管家的聲音。

「老爺，烈陽集團的代理總裁前來拜訪您。我已經再三強調請他預約下次再來，但是他說見不到您就不走。」

獨孤巖冷笑，「多年不見，那個傢伙越來越死皮賴臉了。」

「多年不見？你是指誰？」奈亞提問。

「陽聖晏。陽家大兒子，陽聖文的哥哥。」

奈亞提一震。「那不就是你的……」

「什麼都不是，只跟我住同一間宿舍的路人甲。」獨孤巖冷冷地說：「上次陽聖文被你摔成殘廢，他老爸氣到病倒，在外面混了十年的浪蕩子就在這時冒出來，接下了老爸的位子。」

奈亞提想起當初陽聖文說的，陽聖晏曾經是獨孤巖的情人，卻被無情拋棄。雖然他非常在意，因為後來發生太多事忘了向獨孤巖求證。

現在一聽到本尊上門，他哪裡忍耐得住，跳了起來。

「我先去見他！」

「你見他做什麼？」

「呃，」奈亞提腦筋一轉，「我去確認他沒有被阿薩托人洗腦！」

看著他衝出書房，獨孤巖無奈歎息。

「我根本不打算讓他進門啊……」

※

一見到接待室裡的陽聖晏，奈亞提吃了一驚。

「小安？」

雖然換下花匠的工作服，穿上名貴的西裝，那頭捲髮和憂傷的眼睛仍然讓奈亞提一眼認出他。

「我聽說你辭職了？」

從醫院回來後，奈亞提才知道小安已經跟克勞麗莎在同一天離開獨孤家，沒想到他現在會以另一個身分出現。

陽聖晏笑得有些尷尬。

「好久不見。你的鬱金香長出來了嗎？」

奈亞提搖頭。「我沒注意。」

「不好意思，因為我弟弟出了那些事，我想到家裡一定很需要我，不能再任性，所以才臨時辭職。」

奈亞提忽然想到，當時他是在溫室附近被陽聖文綁架，而陽聖晏就在溫室裡工作，莫非……

陽聖晏即時接話，「有件事一定要向你說明，我跟我弟弟整整十年沒聯絡，那天我也沒有跟他見面，更不知道他會對你做那種事。對於他的行為，我感到很抱歉，只是請你不要誤會我跟那件事有關。」

奈亞提半信半疑。「那你為什麼要到獨孤家當花匠？還有，克勞麗莎一定認得你，卻還是僱用你，真的沒有什麼目的嗎？」

「我真的不知道克勞麗莎跟我弟弟的計畫。當初我跟克勞麗莎在街上巧遇，我拜託她給我一份工作，而且還發誓絕對不讓獨孤巖發現我。我只是想離獨孤巖近一點。」陽聖晏的臉紅了起來，「就算只能遠遠地看著他也沒關係。」

這番話讓奈亞提的心口火辣辣地燒了起來。他忍不住衝口而出，「你跟獨孤巖到底是……」

「呵呵，這不是那個養死我一堆名種盆栽的三流花匠嗎？」

獨孤巖大步走進接待室，冰冷的視線微微掃過陽聖晏。

「要賠錢的話就免了，想來討薪水更是別想。」

這番刻薄話讓陽聖晏的臉更紅了，羞愧之餘，更多的是驚訝。

「你知道我是……等等！」他的雙眼忽然發出光采，「所以，晚宴前一天晚上，你是故意做給我看的嗎？」

晚宴前一天晚上怎麼了？

奈亞提呆了一下才想到，那晚他跟獨孤巖在車前蓋上……

他的臉燙得快燒起來。

陽聖晏果然全看到了！所以第二天才對他說那些怪話！

獨孤巖沒有回答，只是微微偏著美麗的頭，冷冷地看著他。

陽聖晏頓時洩了氣，自虐地苦笑著。

「說得也是。你早就說過，對你而言我已經是不存在的人，你當然不會介意不存在的人的眼光……」

「你到底有什麼事？」

「首先是為了我弟弟的行為，來向你和阿奈道歉。第二是想親口通知你，從今天開始，烈陽集團不再和飛颺集團競標任何案件，而兩個集團正在談的合約條件，也都完全依照飛颺集團的要求……」

獨孤巖打斷他。

「這種理所當然的事，有必要專程跑來說嗎？你們家早就沒有立場對我說不了，除非你希望你弟弟祕密基地裡的寶物全部被公開。」

陽聖文的研究室裡那些恐怖的刑具和虐待工具，還有各種不堪入目的影片，全落到獨孤巖手中。這些東西一旦公開，陽家就沒臉見人了。

所以今天陽聖晏是上門來投降的。

只可惜如此的低聲下氣，還是免不了受辱。

陽聖晏低聲說：「我只是想說，親自上門比較有誠意。」

「這倒是不用。我現在還不想搞死你們，但是如果你再一直找藉口出現在我面前，那就很難說了。」他往門口一指，「請吧。」

陽聖晏臉色慘白，張嘴彷彿想說什麼，卻還是閉上了嘴，垂頭喪氣地起身走向門口。

奈亞提一時衝動站了起來，「我送他出去！」

「為什麼？喂！」

獨孤巖正要叫他回來，但奈亞提已經跟著陽聖晏出去了。

※

奈亞提默默地陪著陽聖晏走出屋外，來到他的車旁。

他不知道自己到底怎麼了，當他看到獨孤巖那樣無情地對待陽聖晏，居然覺得心中一陣痛楚，忍不住就跟著陽聖晏走出接待室。

他從來不知何謂「同情心」，此時卻覺得陽聖晏失魂落魄的樣子讓人很不忍。況且，他還有問題要問。

他攔住了準備上車的陽聖晏。

「你跟獨孤巖到底怎麼回事？本來不是好朋友嗎？」

「最好的朋友。」陽聖晏望著遠方，「本來可能是一輩子的朋友，如果我沒有向他告白的話。」

「咦？」

看著奈亞提驚訝的表情，陽聖晏苦笑。

「我告訴他我愛上他了，從此他就不屑再理我了。」

「為什麼？」

「你還不懂嗎？獨孤巖的天性喜歡征服，總是想著要征服新的世界，至於已經被他納入掌中的人，當然就沒那麼重要了。你看看我，被他羞辱成那樣，還是一天也忘不了他，他又何必要重視我呢？」

奈亞提呆呆地看著他。

確認陽聖晏並不是獨孤巖的情人，照理應該很高興才對，但奈亞提卻一顆心直往下沉。

獨孤巖的天性喜歡征服。沒錯，他自己也說過類似的話，地球人跟阿薩托星人都一樣，只喜歡贏。

阿薩托人征服一個星球之後，一定是把戰利品掠奪一空然後揚長而去，完全不管星球的死活。如果認定那個星球會變成日後的阻礙，還會乾脆用滅殛砲把它炸掉。

獨孤巖也會這樣做嗎？被他征服的人就不值錢了，隨時可以丟掉，再去找下一個對象……

「所以我那時才會忠告你，先愛上的人就輸了，可惜已經太晚了。」

接觸到陽聖晏若有深意的眼神，奈亞提跳了起來。

「我、我才沒有愛……」然而光要把這句話說完，就覺得沉重無比。

陽聖晏點頭。「就是要這樣。絕對不能愛上他，即使愛上了，也絕對不能承認。一旦承認，就是你被獨孤巖拋棄的時候。自己保重了，阿奈。」

奈亞提看著他驅車離去，覺得自己的胸口被挖了個大洞。

他很想反駁陽聖晏，獨孤巖為他冒了那麼多險還受了重傷差點沒命，怎麼可能會拋棄他？

但是……

如果他不再是來自阿薩托星的恐怖征服者呢？如果他變成一個普通的、沒有獨孤巖就活不下去的可憐蟲，獨孤巖會不會，用剛才對陽聖晏那種活像在看蟲子的眼神看他呢？

陽聖晏至少還有家可回，而他呢？他已經背叛了亞弗，如果再被獨孤巖捨棄，他會是什麼下場？

奈亞提站在院子裡，感到前所未有的寒冷。

※

「試作品我收到了，」獨孤巖手上把玩著研究室送來的東西，「測試影片我也看過，確實不夠好。你覺得問題出在哪裡？」

螢幕上的研究員回答：「根據我們的推測，可能是原料中的琥珀不夠。」

「為什麼？琥珀的供給不是很充分嗎？」

「總裁，那座礦場裡，並不是每塊琥珀都有用。」

獨孤巖摸著脖子上的魔眼。

沒錯，其他的琥珀跟魔眼一比，根本不值一提。但是魔眼用了就沒了，必須慎選使用時機。

「我知道了，暫時就先這樣，我會想辦法改進。」

結束了通話，獨孤巖走出落地窗外伸展筋骨。

夜色已深，但他看到奈亞提仍然在花園裡巡邏。

「阿奈，等一下。」

「我很忙，待會再說。」

「你一個小時前就是這麼說的。」

「那你就再等一個小時再來找我。」

「哦，你現在比我還忙了？我要跟你講話還得預約？」

「我在想辦法救你的命，你最好懂得感謝。」

自從被阿薩托人攻擊以後，奈亞提就像瘋了一樣，全心投入宅邸的保全。先是在屋子的周圍，還有花園的樹上裝滿感應器。

光這樣還不夠，他每天不是盯著十幾個監視器畫面，就是一圈又一圈地巡邏，彷彿認定每個樹叢裡都藏著敵人。

獨孤巖並不介意他把房子變成碉堡，就算要把花園剷平也無所謂。但每次他找奈亞提說話，奈亞提都是一句「我很忙，晚點再說」搪塞，然後匆匆跑開，這就不偏不倚地踩中了他的地雷。

他絕對不准奈亞提無視他！

「萬一你累倒了，誰來救我的命？」

「累倒？不要小看阿薩托戰士的體力，我曾經……」

「我知道我知道，你曾經拖著一條斷腿在沙漠裡不眠不休走了五天。但是你能撐幾個五天？而且我說了，我有祕密武器，我還有一大群傭兵，沒有那麼容易死，你不用一個人扛下所有的責任。」

奈亞提一臉不悅。「是哦？那就算我多事了。」

獨孤巖伸手搭他肩膀，「我可不是這麼說的……」

然而奈亞提立刻把他的手揮開，兩人間的氣氛瞬間結凍了。

獨孤巖瞇起眼睛，眼中射出危險的光芒。奈亞提心中一緊，決定速速離開。

「好啦，我去休息總行吧？」

「你是想救我的命，還是只是想避免看到我？」獨孤巖的聲音讓他背上發寒。

兩者都是。奈亞提心想。

「有什麼不滿就直說，不要整天只會玩這種無聊的捉迷藏，又不是小女孩。還是說，」獨孤巖直視著他的雙眼，目光彷彿直抵奈亞提腦海，「你見到同胞，又開始動念想跟他們一起走了？又想回去你的亞弗太子身邊？我不是叫你早早死心了嗎？」

奈亞提瞬間爆炸。

「對，我早就死心了！我殺了自己的同僚、背叛了殿下，我一輩子都回不了阿薩托，你贏了，你高興了吧？就讓我安靜一下不行嗎？還是你要我陪你慶祝？」

獨孤巖瞪著他，深深地吸氣，免得自己情緒失控。

明明現在危機當頭，正是最需要同心協力的時候，為什麼反而大吵特吵呢？不過這不是值得糾結的事。他已經決定了，無論如何都不會放開奈亞提。如果奈亞提只是想獨自安靜一下，這點自由他倒是可以提供。

「那你去睡一下吧。不過我明天要去公司，既然你要當我的保鑣，就得跟我一起去。」

奈亞提點頭。「知道了。」

※

夜深人靜，完全睡不著的奈亞提獨自坐在宅邸屋頂，望著天上的月亮。

沒事的，不要想太多，不要輸給不安跟懷疑。

他現在只要做一件事，就是保住獨孤巖的命，不要被阿薩托軍綁架或洗腦，其他的就不用考慮了。

忽然空氣開始騷動，他感覺到強力的電波，阿薩托傳送機的電波。接下來只見電光一閃，一個人影出現在光圈中，隨即迅雷不及掩耳地朝奈亞提衝來。

奈亞提一拳揮出抵擋來者的攻擊，兩人飛快地過了十幾招，奈亞提終於看清了來人的臉。

蘇克雷。跟他同屬第一軍團第一分隊，並列副隊長。

由於同樣都是未來的分隊長人選，兩人的競爭狀態自然是激烈無比，而蘇克雷更是毫不掩飾他對奈亞提的輕視。

蘇克雷咧開嘴角，露出鄙視的笑容。

「喲，野合之子。我早說過你遲早會出狀況，還真沒冤枉你呢。連叛國都做得出來？怎麼，你跟地球女人野合，被徹底同化了是吧？畢竟你卑賤的血統跟他們比較接近嘛。」

這話雖然不完全正確，卻也八九不離十，奈亞提咬著牙不讓自己的表情露餡。

蘇克雷繼續放話：「平常大家都說我跟你能力相近，這真是天大的侮辱！因為殿下偏愛你，我才不敢在練習的時候全力攻擊你，現在我沒這顧慮了，今天一定要把你的頭拿回去見殿下！」

幾分鐘後，蘇克雷被奈亞提壓制在地動彈不得。

「蘇克雷君，謝謝你大駕光臨。一來給我增加裝備，二來既然是你，我就不會心軟了。」

說完刻薄的嘲弄，奈亞提掏出槍準備給蘇克雷一個痛快，蘇克雷掙扎著說出一個詞。

「殿……下……找你……」

奈亞提一僵，這才看到蘇克雷掌心的小型通話器正閃著紅燈。

他望著那紅燈呆了許久，總算伸出顫抖的手按下通話鍵。

亞弗的臉出現在光幕上。他跟奈亞提記憶中一樣，沒有太多表情，給人平靜的感覺，即便沒人知道他的內心是否同樣平靜。

「好久不見，奈亞提。」仍是平靜無比的聲音。

奈亞提不知不覺淚流滿面，雙腿發軟幾乎要跪下。

「殿……下……」

「我把我的座標發給你，現在立刻過來見我。」

奈亞提知道，他沒有別的選擇。

「是。」

第五章

亞弗指定的地點是位在市中心的公園。

他穿著地球的服裝坐在露天劇場的坐位上，姿勢輕鬆隨意，看來就像個普通的遊客。只是散布在劇場四周，殺氣騰騰的護衛們，隱約洩漏了他的身分。

在深夜路燈的照射下，亞弗的臉看起來有些蒼白，而奈亞提自己的臉早就一點血色都沒有了。

「殿下……」他不由自主地跪下，連頭都不敢抬，眼淚流了滿臉。

「奈亞提，我想過各種狀況，但是沒想到會在這種狀況下見到你。」

蘇克雷大聲說：「殿下，屬下親眼見到奈亞提叛變，他還想殺我滅口。請殿下允許屬下，現在就處死叛徒！」

亞弗淡淡地瞄了他一眼，「你覺得我叫你們兩個回來，是為了讓你表現嗎？」

「不，屬下不敢。」蘇克雷縮了回去。

亞弗和獨孤巖一樣，不怒自威。要不是蘇克雷逮到奈亞提的把柄亢奮過度，他絕不敢在亞弗面前大聲嚷嚷。

「奈亞提，你要不要把事情從頭到尾解釋一下？」

奈亞提啜泣著，只能搖頭。「對不起，殿下，對不起……」

「我也不是叫你回來道歉的。」亞弗輕歎一聲：「好吧，我們一步一步來。你那時回報說遇到惡魔，是真的嗎？」

奈亞提咬著下脣，默默點頭。

「惡魔就是那個獨孤巖吧？」看到奈亞提再次點頭，他說：「他真的很強嗎？」

奈亞提深吸一口氣，「他可以輕易破解阿薩托的系統，還會仿作我們的武器，像這個耳機就是他做的。」

他取下耳中的翻譯耳機，讓蘇克雷呈給亞弗。

「除了電力不持久以外，其他功能完全一樣。此外，他的體力和戰鬥力超過一般地球人，水準大概等於阿薩托第二軍團。但如果掉以輕心，第一軍團的人也會敗給他。」

想到當初自己落敗的狀況，奈亞提面紅耳赤。

「接到你的報告以後，我也大致調查了一下，獨孤巖在地球上的勢力確實很強大，甚至可以出動軍隊。現在他又取得阿薩托星的科技，如果大量製造武器分配給地球軍隊，對我軍會非常不利，萬一最後必須用滅殛砲毀滅地球，那就全盤皆輸了。」

亞弗說：「所以你當初的報告至少有一半是正確的，不算失職。只是我不懂，你明明說要留在地球和惡魔決一死戰，為什麼現在卻在保護獨孤巖？」

「我……」奈亞提握緊拳頭，只能搖頭。「對不起！」

「不能說嗎？」亞弗說：「意思就是，你遇到了很嚴重的事情？」

嚴重？奈亞提心中苦笑，他遇到的事可以用『嚴重』來形容嗎？

「屬下戰敗了，所以受到了戰敗的懲罰。」

「想必是很厲害的懲罰，居然能讓你變節倒向他那邊。」

奈亞提張口想辯解，但他沒有話可以辯解，只得低頭。

「請殿下處死屬下吧！」

「要不要處死由我決定。」亞弗起身走到他面前。「處死一個叛徒很簡單，但是養大叛徒的人怎麼辦？要不要一起處死？」

養大叛徒的人，指的當然是亞弗自己。

奈亞提倒抽一口冷氣，無比深刻地體會到自己對亞弗做了多麼可惡的事。他的生命打從一開始就不是自己的，是亞弗賭上名譽，承擔著皇帝和其他貴族的壓力栽培出來的，他做的每一件事都會牽連到亞弗。

他為什麼沒有早點想到呢？

「怎麼辦啊，奈亞提，我不想處死自己呢。」

「殿下，我……」

「除非，你幫我挽回一點面子。」

看著亞弗的眼睛，奈亞提感到全身冰冷。

「根據我方的分析，只要能控制獨孤巖，就可以控制將近四分之一個地球。而你離獨孤巖最近，應該可以輕易辦到吧？只要你順利把獨孤巖洗腦，對我軍就是大功一件，我就不用追究你之前怠忽職責的責任了，你說是不是？」

奈亞提腦中亂成一團。

他想像著自己對獨孤巖使用腦波儀，讓原本高傲不可一世的男人變成痴呆的木偶，不能再做出驚人的發明，不能再說出足以刺破別人耳膜的尖銳言語，也不再對他笑，不再用深邃的眼神看他，讓他心跳莫名加速……

「對不起，殿下。屬下做不到。」

「什麼？」亞弗冷靜的面具第一次出現裂痕，強烈的情緒在表面下波動，隨時會爆發。

奈亞提心一橫。「屬下無法對您說謊，真的做不到！」

亞弗瞪著他許久，然後深吸了一口氣。

「是嗎？那麼這樣如何呢……」

※

一早，獨孤巖的跑車在公路上奔馳著。

「真怪，今天你是保鑣我是總裁，居然是總裁開車載保鑣上班？」

聽到獨孤巖的抱怨，副駕駛坐上的奈亞提望著窗外。「你要我開車也行。」

「算了，我可不想又去衝懸崖。」

獨孤巖向來自己開車，更不會介意充當奈亞提的司機，只是他靈敏的直覺感覺到氣氛有些怪異。

應該是說，比昨天晚上更怪異。

奈亞提整個早上不肯正眼看他，也不說話，肩膀僵硬，不是普通地緊張。

獨孤巖很清楚，這不是因為昨天晚上的爭吵，也不是因為純粹的擔心和壓力。

出事了。

但是他不知道發生什麼事，奈亞提也沒有告訴他的打算。

每件事都超出他的掌控，這點讓獨孤巖非常不愉快。

接著又發生一件他無法掌控的事：方向盤自己轉了起來，車子轉向跟目的地相反的方向，油門也自動加到最大。

「喂，車子被控制了。」

聽到這話，奈亞提卻只是「嗯」了一聲，沒有任何驚訝的反應。

獨孤巖試圖開車門卻打不開，現在跑車已經達到最高速度，就算跳車也是非死即傷。

車子被動了手腳。這幾天獨孤花園的警戒達到最高點，能在車上做手腳的只有一個人——就是他身邊這個異常平靜，彷彿早就心裡有數的人。

獨孤巖看著面無表情的奈亞提，怒火在他眼中昇起。

「原來是這樣啊。看來你已經做好選擇了。」

「……」

奈亞提沒辦法親自動手洗腦獨孤巖，亞弗就換了個任務，要他把獨孤巖帶去交給軍團處理。

看到最敬愛的長官再三讓步，奈亞提怎麼也無法拒絕。而此刻獨孤巖凌厲憤怒的眼神，讓他覺得自己的心死了一大塊。

「他們給你什麼獎賞？升官？加薪？話說回來，以你的個性，光是你的亞弗太子准你回家，你就會跪在地上叩謝了。真遺憾，為什麼我公司就沒有你這麼好打發的員工？啊，不對，是奴才。」

奈亞提咬牙，迴避他的視線。

「隨你怎麼說。殿下寬宏大量，非但沒有拋棄我，還再給我一次立功的機會，我不能再辜負他了。我欠殿下太多，到來生也還不清，你要恨就恨我好了。」

獨孤巖笑了，用和笑容同樣的冰冷的語氣說：「你可以再傻一點。你根本什麼也不欠他，是他欠你。他沒有盡到身為父親的本分，隨便丟一點小恩惠給你，你就感動得痛哭流涕。我看你早就被那個什麼儀的洗腦洗到呆了吧。」

「你在說什麼？殿下不是我父親，他確實撫養我，但是……」

「他、就、是、你父親！如假包換的親爹！不信就去驗ＤＮＡ，如果不符合，我腦袋切下來給你！」

奈亞提腦中一片混亂。「你、胡說……」

車子停了下來。

他們身在山區的一片空地上，乍看之下空無一人，隨即十幾個身影動了起來，正是穿著偽裝戰鬥服的阿薩托戰士，一步步地包圍車子。

獨孤巖冷笑一聲，開了車門，提著一個手提箱下了車。

「哈囉各位，歡迎來到地球啊！」

奈亞提跟著下車，心中疑惑：他為什麼要拿手提箱？裡面裝了什麼？

獨孤巖的視線越過包圍網，落在一個站得最遠的人身上。

「那位想必就是指揮官，亞弗皇太子是吧？我們家阿奈可是對你讚不絕口呢。」

一聽到「我們家阿奈」，所有的阿薩托戰士都是背上一陣惡寒。

奈亞提心中苦悶：到這個時候了他還要耍嘴皮？

「有沒有人跟您說過，你跟阿奈長得真像？一眼就認出來了呢。是說你們本來就都是嬰兒工廠製造出來的，長得像也是應該的。」

奈亞提大叫：「我拜託你別再胡說了！」

看著亞弗的表情越來越陰沉，奈亞提再也無法冷靜，衝到獨孤巖和同胞之間。

「不如、不如雙方合作吧？獨孤你不是想去宇宙旅行嗎？只要你協助我們征服地球，阿薩托軍就提供飛船給你，或是我的給你也行……」

「我會靠自己的力量造飛船，不勞您費心。」獨孤巖冷冷地說：「最重要的是，要征服宇宙的人是我，輪不到你們，各位可以滾了。」

奈亞提萬念俱灰。他丟下所有尊嚴，如此卑微地要求和平，卻得到這種答案？

亞弗開口了：「本來呢，如果你願意乖乖跟我們走，我可以保證你不會受苦，看來現在是辦不到了。奈亞提，退下。」

奈亞提失魂落魄地退到一旁，所有阿薩托戰士的槍口同時朝著獨孤巖。

獨孤巖輕笑。

「真巧呢，我也沒辦法保證你們不會受苦。」

他把手提箱往上一扔，手提箱在半空中炸開，濃烈的煙霧四處瀰漫。

「咳咳！」奈亞提咳個不停，大聲說：「這招沒用的！阿薩托人的視力可不是……嗚！」

他忽然眼前金星亂冒，暈得天旋地轉。再看到那煙霧是淡黃色的，他頓時明白，裡面有琥珀磨成的粉末。

其他的阿薩托人自然也受到影響，不少人腿軟倒地。

蘇克雷急得大叫：「開火！」

瞬間，密密麻麻的光彈穿透了煙霧，目標自然是獨孤巖。阿薩托人的視力確實不受煙霧影響，但是一碰到琥珀粉末，所有人都失了準頭，沒一個命中。

奈亞提飛快地伏低，免得被流彈打中。

他忍著暈眩，小心地爬向獨孤巖的方向，生怕會摸到他的屍體。

爬了一陣，他忽然感到強烈的心悸、全身痠軟。這感覺非常熟悉，表示他已經靠近了魔眼。

早上出門時，獨孤巖把魔眼放在特製的盒子裡，以減少魔眼對奈亞提的影響。現在他鐵定是把它拿出來了。

奈亞提強忍不適，爬向魔眼的方向，果然看到獨孤巖背靠跑車車門，坐在地上。

他臉上戴著輕便型的護目鏡，手上拿著一柄槍。那槍是阿薩托光槍的仿製品，奈亞提記得他說過槍的射程不夠遠，殺傷力也不夠。然而槍的後方，不知何時鑲著一顆黃澄澄的石頭。

魔眼。

加上這個東西，槍的威力鐵定會大增。

獨孤巖舉槍，他戴著護目鏡不受濃霧影響，所以能夠輕鬆瞄準亞弗。

奈亞提大叫：「不行！」

他撲上前硬是把獨孤巖的手臂拉開，然而光彈已經射出，打中亞弗的肩膀。

這一動也讓蘇克雷發現了獨孤巖，他朝著正和奈亞提糾纏不清的獨孤巖開了一槍。

「獨孤！」

在濃霧中忽然冒出一個人，擋在獨孤巖前面挨了這一槍。

奈亞提認得這個人。

「陽聖晏？」

一陣風吹來，把煙霧吹散了一點，頭暈眼花的阿薩托眾人，這時才發現亞弗受傷，立刻圍了上去。

「殿下！」

奈亞提也想衝過去，卻被獨孤巖一把抓住。

「你要是以為我會放你回去他身邊，你就真的太傻了。上車！」

他手上有魔眼，奈亞提根本跑不掉，只得認命上車。獨孤巖把血流不止的陽聖晏也塞進車裡，開車離開。

※

那天，陽聖晏控制不了心中的思念，開車跟在獨孤巖的車後，想在他下車時看他一眼。不料看到獨孤巖的車轉了方向，而且越開越快，他便一路跟了過去，結果看到滿天黃色煙霧，獨孤巖正跟一群怪人槍戰。

陽聖晏立刻衝進霧裡找獨孤巖，還真的憑著直覺找到了，甚至及時地為獨孤巖擋了一槍。

雖然獨孤巖非常厭惡被人跟蹤，看在那一槍的份上也只好原諒他了。

現在陽聖晏被送到飛颺集團醫院的特別病房急救，而奈亞提在獨孤家宅邸的房間裡，被套著魔眼的鍊子拴在床柱上。

獨孤巖坐在房間的沙發上，靜靜地看著他。奈亞提本來想瞪回去，終究還是移開了視線。

兩個人都沒說話，空氣中彷彿有火花流竄，隨時會炸開。

奈亞提忍不住了。

「我不會道歉的。我只是對我的國家效忠，盡我的職責而已，沒有任何需要道歉的地方！我更不會因為阻止你殺死我的指揮官道歉！他是我最重要的人……」

獨孤巖像閃電一樣地湊了過來，飛快地堵住了他的唇。

「嗚嗚……嗯……」

這個吻粗暴又漫長，奈亞提只能在唇齒的空隙中，掙扎著吸取一點空氣，即使他的肺活量比地球人大，仍然被吻得眼冒金星。直到他快要暈厥的時候，獨孤巖才放開。

「他、是你最重要的人？你是狗嗎？誰養你誰就最大？」

奈亞提大口地喘息，好不容易才找回說話的力氣。他抬起積滿淚水的眼狠瞪獨孤巖。

「對啊！不行嗎？」

看著獨孤巖眼中的怒火，奈亞提知道自己已經到極限了。

連日來的壓力與苦惱把奈亞提的心撕裂成數塊，他無力再思考，心裡的話隨著眼淚全迸了出來。

「你要怎麼關我、怎麼羞辱我都隨便你！反正我不會放棄的，不管要過多久，不管要用什麼手段，總有一天我一定會逃走，離你遠遠的！我一定要回到殿下身邊去！」

奇怪的是，原本殺氣騰騰的獨孤巖居然笑了出來。

「等等，本來不是『一定要殺了你』嗎？怎麼現在變成『一定要逃走』？阿薩托戰士的驕傲哪去了？」

「驕傲？」奈亞提幾乎要笑出來，「那種東西早就沒了啊！我早就不是阿薩托戰士，只是個被你調教得淫蕩又下賤的廢物！我本來就是野合之子，為了出人頭地努力當戰士，一碰到你馬上就打回原形了，這樣講你高興了嗎？」

獨孤巖的雙眼像利箭一樣盯著他。

「少把責任推給我。什麼『淫蕩下賤』、『野合之子』，全是你自己說的，我一次也沒說過。」

奈亞提咬住下脣。沒錯，獨孤巖從來不曾用言語羞辱過他，頂多說他傻。世上最看輕他、作踐他的人，就是他自己。

看著奈亞提心如死灰的神情，獨孤巖緩緩搖頭。

這個可惡的傢伙，毫不留情把他賣給阿薩托人，到現在還滿腦子想著亞弗，等於一天之內把他所有的地雷通通踩爆，他沒當場氣死已經是奇蹟了。

但是……

奈亞提滿嘴挑釁又自虐的言語，眼中卻滿滿都是脆弱和矛盾。他一定苦惱掙扎了很久吧？一面希望受到懲罰，被狠狠捨棄，同時卻又渴望著被諒解接納。明明已經傷痕累累，卻仍然死撐著不肯認輸。

如此倔強，又如此柔弱，如此地……惹人憐愛。

獨孤巖伸出手指輕撫他的臉，奈亞提想閃避卻閃不開。

「當你開口說不會道歉的時候，就已經承認你心裡有愧了。你要逃離的不是我，是你自己，越來越離不開我的自己。你越早承認這點，日子就越輕鬆。」

奈亞提在心中吶喊：承認了以後呢？是不是會被你丟掉？與其這樣還不如自己先離開！

他咬牙說出另一句話，「你到底有什麼毛病啊？為什麼要一直纏著我？」

「你不記得了嗎？我第一次見到你的時候，你正在跟亞弗通話。你看著他的眼神，就像在膜拜神明一樣。」

獨孤巖說起邂逅時的狀況，臉上不自覺浮起一絲笑容。「我那時只有一個念頭，一定要讓你把你的視線，從亞弗轉到我身上。直到現在，這念頭還是沒變。」

奈亞提嘲諷地一笑。

「哦，因為你平常被別人追捧慣了，一旦遇到其他眼裡沒有你的人，你就受不了了吧？那好啊，阿薩托軍有上萬個人，每個人眼裡都只有殿下，你有本事就去把他們全上了吧！」

「阿薩托軍裡有上萬個人，叫做奈亞提的傻瓜卻只有一個。」

奈亞提瞬間面紅耳赤，「誰是……」

獨孤巖微涼的手指撫上他發燙的耳廓，奈亞提全身一顫。

「別碰……」然而他連聲音都快發不出來了。

獨孤巖微笑。很顯然地，奈亞提的身體早已屬於他，只是內心還在糾結。要解開這些糾結並不容易，但絕不是不可能。對獨孤巖而言，世上沒有不可能的事。

「表面上是凶神惡煞的侵略者，骨子裡是純情處男，年紀一把了還總是黏著爸爸，這麼可愛的傻瓜，我當然要好好疼愛你啊。」

「少噁心了！還有你憑什麼一直說殿下是我父親？」

獨孤巖輕歎一聲，為他的死腦筋頻頻搖頭。

「在你們那裡，嬰兒只能從培養槽出生，野合要處死對吧？問題是女人一懷孕，肚子根本藏不住。照理說，你早該跟著你母親一起被處死了，為什麼你還能平安出生？」

奈亞提想了一下，「也許那個女人住在荒郊野外，沒人知道她懷孕。」

「有理。既然如此，她一生下你直接找個沒人的地方扔掉就行了，為什麼還專程把你丟在人來人往的地方？丟普通民宅門外已經很誇張了，居然丟去太子寢宮？那裡滿滿的衛兵，一旦被發現立刻就會沒命，存心自殺嗎？」

奈亞提一呆。一點也沒錯，這麼大的疑點，他居然一次也沒質疑過。

他根本不想去探究自己的身世，只想拚命抹去「野合之子」這恥辱的痕跡。父母是誰、如何生下他、又為什麼要拋棄他，這一切他完全沒興趣知道。

「那跟殿下又有什麼關係？」

「唯一的解釋，就是某個位高權重的大人物搞大了女人的肚子；他把女人藏起來直到生下孩子，然後再神不知鬼不覺把孩子扔在自己的地盤上，等孩子被開雜人等發現後，他再及時出現，擺出一副慈悲為懷的嘴臉收養孩子。這樣講你懂了嗎？能夠做到這種事的人，就只有你的亞弗殿下，他就是跟女人野合生下你的人！」

奈亞提雙眼刺痛，努力忍著不讓眼淚流下。

「你胡說！殿下才不會做這種事！他比誰都遵守律法！」

獨孤巖輕笑。

「不管在哪個星球，律法都是給下等人遵守的，上等人只要做做樣子就好。不管你能力有多強，要是不學著自己動腦，永遠都成不了上等人。」

「不要把阿薩托跟地球相提並論！你根本什麼都……」

他倒抽了一口氣。獨孤巖把額頭靠上他額頭，太過強烈的親密感讓他無法招架，只得閉上眼睛。

「該長大了，奈亞提。」獨孤巖低沉悅耳的聲音好近，從耳邊一路通到他心裡，「一個裝死不認你的父親，跟一群瞧不起你出身的同僚，你真的認為他們是你的歸處嗎？」

「我……」

奈亞提混亂的大腦還沒轉過來，獨孤巖已經吻上了他的唇。這個吻不像剛才那麼粗暴，而是輕柔甜蜜的廝磨，然而又執拗無比，就算稍微放開也會立刻又糾纏上來。

這正是奈亞提最應付不了的吻。

他直覺地回吻著，任由獨孤巖的舌頭侵入他的口腔，在裡面靈巧地攻城掠地。

眼中滲出了淚珠，腦袋越來越熱，慢慢地放棄了思考。直到感覺獨孤巖解開他的腰帶，他才拉回一點神智。

「你瘋了……現在是……做這種事的時候嗎？」

獨孤巖輕笑著。奈亞提大概是想瞪他，然而那迷濛的眼神瞪人不但毫無殺傷力，反而更催情。再加上緋紅的雙頰，還有嘴角垂下的透明液體，足以把任何男人變成野獸。

他扯下奈亞提的褲子。

「當然啦，正好讓你的腦袋清醒一點。」

「清醒個頭……嗯！」

獨孤巖扯開他的上衣，吸住了一邊的乳頭，他左手則玩弄著另一邊。至於他的右手，從下面鑽入了奈亞提的密穴。

上下交攻的襲擊讓奈亞提發出悲鳴，扭動著身體想掙脫，但雙手被魔眼困住，使不出力來。

雖然不甘心，他仍然感覺到緊窄的密道在獨孤巖手指的攻勢之下，逐步擴張放鬆，而且越來越熱。酥麻的感覺流竄全身，性器也發脹硬直，前端滲出液體。

「奸詐……」他吐著熱氣，勉強擠出話語。「講不贏我，就用這招……」

獨孤巖舔著他頸側最敏感的地方。「我當然講不贏你啊，你已經決定嘴硬到底，根本講不聽。所以我只好跟你的身體『溝通』了，身體比較誠實。像這裡。」

他握住了奈亞提硬直的性器，上下撫弄著。奈亞提倒吸一口氣，全身顫抖。

「不，不要，那裡……不行！」

然而獨孤巖沒有放手，反而加強了動作。

「你們那個滿嘴戒律跟禁慾的偽君子星球，和淫亂又腐敗的地球，到底哪邊適合你，問你的身體最清楚了，不是嗎？看，答案來了。」

「嗚！」

奈亞提悲鳴一聲，白濁的液體噴了出來。

他全身癱軟，再也沒有回嘴的力氣。

獨孤巖扯下魔眼鎖鍊，奈亞提癱倒在床上。獨孤巖拉開他的雙腿，將自己早已同樣硬直的性器對準洞口，長驅直入。

「啊啊！」奈亞提幾乎失聲：「太深了……」

「就是要深才好，這樣你才會記得清楚。」獨孤巖在他耳邊低語著。「我要讓你永遠記得，不是只有我進入你體內，你也同樣進入了我體內。從我見到你那一刻起，我整個人生都不一樣了。所以你說，我怎麼可能放開你？」

他使勁撞擊奈亞提的身體，把自己的體溫和話語一起深深刻進奈亞提體內。

「嗚……啊……啊啊……」

在激烈的戳刺下，奈亞提只能雙手緊抓床單，毫無招架之力。

他覺得自己不斷被瞬間填滿又掏空，感到極度的喜悅，但同時又感到悲傷。

他瘋了吧？一定是的。

「聽好了，不管你有什麼汙點、什麼過去或是什麼痛苦，我全部都要接收。因為你的一切都是我的。」

獨孤巖說完，又深深推入。「同樣的，我的一切也都是你的。」

「啊啊啊！」

眼淚流下奈亞提的臉頰。

這個傢伙，在這種時候說這種話，真的是犯規啊！

但奈亞提無法抗議，他只能配合著獨孤巖的動作，接受那足以毀滅星系的熱情，也交出自己的一切。

在激烈的律動之後，兩人同時解放。

奈亞提筋疲力竭，無法說話也無法思考，只能靜靜地感受獨孤巖的體溫。覺得自己彷彿碎裂成片片，又慢慢融合成形。

跟獨孤巖融合。

一瞬間，這世界彷彿只剩他們兩個人，一切都非常平靜、美好，彷彿永恆。

奇妙的時光總是要過去，獨孤巖依依不捨地起身，拿起魔眼放進口袋。

「我還有事要做，你好好休息吧。」

奈亞提雖然全身無力，仍然擠出力氣嘴硬。

「你不綁我？不怕我再逃？」

獨孤巖頭也沒回。「請便。我一定會再把你抓回來的。」

奈亞提聽著關門的聲音，哼了一聲。

「真是……到底要狂妄到什麼程度……」

然而他心裡很清楚，對於從小一直活在被拋棄的恐懼中的自己而言，這些狂妄的話帶給他多大的安慰。

他長嘆一聲沉沉睡去，完全沒有作夢。

※

螺旋槳的聲音驚醒了奈亞提，他走到窗邊，看到一臺直升機在獨孤花園的停機坪降落，帶來一個巨大的貨櫃。

貨櫃放下後，獨孤巖上了直升機，直升機升空遠去。

他要去哪裡？

接著，傭兵部隊用最高效率把貨櫃裡的木箱一件一件搬下來，然後開始在宅邸周圍和花園裡四處挖洞，把木箱裡的東西埋進去。

跟阿薩托軍的大戰已經迫在眉睫，獨孤巖調來了所有的傭兵，現在又從山莊搬來武器，顯然是準備大幹一場了。

奈亞提覺得有些無力。

阿薩托人對於無法順利征服的星球，向來是一記滅殛砲毀掉，除非獨孤巖有辦法擊落阿薩托的母艦，否則這是場必輸的仗，眼前一切的努力都毫無意義。

話說回來，獨孤巖原本就不在乎地球的死活，就算告訴他這件事也沒用。

而且，搞不好他真的有辦法擊落母艦。

奈亞提走出房間想透透氣，卻隱約聽到樓下有笑聲。

他跟著聲音，來到一樓的大廚房，只見所有的傭人圍著廚房裡的大桌，一邊吃著蛋糕，一邊開心聊天談笑。

「啊，奈先生。」管家招呼他，「對不起，吵到你了。」

奈亞提搖頭。現在是傭人們的休息時間，他們愛做什麼都行。只是他在獨孤大宅生活的這段期間，傭人們向來是繃緊神經、謹言慎行，像這樣開心聚會還是第一次。

地球搞不好會毀滅，外面正在殺氣騰騰地備戰，他們居然還在聚會吃喝，神經也未免太粗。

話說回來，獨孤巖動不動在家裡安裝一堆怪東西，員工八成見怪不怪了。

滿頭銀髮的大廚笑著說：「不好意思，今天特別吵。因為我添了個孫子，特別做了蛋糕讓大家幫我慶祝，老爺也同意了。啊，您也吃一塊吧？」

他端著一塊蛋糕走向奈亞提，奈亞提卻沒有伸手接過。

「小孩子出生……為什麼要慶祝？在我們那邊，小孩出生沒人會慶祝的。更何況，我自己出生的時候沒人幫我慶祝，現在卻跑來慶祝別人的小孩出生，這不是很奇怪嗎？」

現場瞬間一片靜默，沒人敢出聲。大家心裡想著同一個念頭：不愧是老爺的客人，跟老爺一樣古怪。

大廚很快地回神，笑了笑。

「那麼，今天就一併慶祝奈先生的出生吧。因為我們大家都覺得，有奈先生在真是太好了。」

彷彿被大廚點醒，其他人立刻七嘴八舌出聲附和。

「沒錯沒錯，你來了以後，我們的日子好過多了！」

「老爺脾氣變得超好。上次上菜的時候我弄掉叉子，本來以為鐵定會被開除，但老爺只說『下次小心點』，真是太神奇了！」

「煙火秀結束以後，老爺還跟我說『做得好』！嚇死我了，第一次被誇獎耶！一定是因為你很喜歡煙火的關係。」

「我在這裡做了二十幾年，第一次看他這麼通情達理。」

「對啊對啊，只要你別跟老爺吵架，我們的日子就像天堂一樣！太感謝你了！」

大廚笑著說：「所以啊，奈先生你的出生，對我們來說，是件非常值得慶祝的事。對老爺來說一定也是。來，請！」

奈亞提呆呆地接過蛋糕，吃了一口。很甜。他向來不喜歡甜食，這回卻感到莫名的滿足感。

第一次有人對他說「有你在真是太好了」，感覺真的很奇妙。

這些員工口中的獨孤巖，跟克勞麗莎口中不太一樣。他會原諒下屬，也會稱讚他們。雖然仍舊是個難搞的總裁，至少沒有讓別人變得更黑暗醜陋。

看來，被改變的人並不是只有奈亞提，獨孤巖也變了。他那樣的人居然會變，真的是奇蹟。

——跟他靠太近的人會壞掉，你自己保重。

——當你承認愛他的那一刻，就是你被拋棄的時候。

既然獨孤巖會改變，克勞麗莎和陽聖晏又憑什麼預言他們兩個的未來呢？

這時祕書的手機響了，他走出去接電話，沒多久又走回來。

「醫院說陽聖晏醒了，吵著要見我們總裁。但是總裁不在，而且早就說過不見他了。看來他會吵得沒完沒了。」

奈亞提放下吃一半的蛋糕。

「我去見他。」

※

陽聖晏虛弱地躺在病床上，一見到奈亞提，本就蒼白的臉更慘白了。

「你……你來做什麼？獨孤……獨孤沒有來嗎？」

「他如果會來，就不是獨孤巖了。我今天是來謝謝你，謝謝你救了他。」奈亞提說。

這是他的肺腑之言。他無法形容，當他看到蘇克雷朝獨孤巖開槍的那一刻，自己是什麼樣的心情；他更加無法想像，如果獨孤巖被一槍打死，自己會怎麼樣。

幸好獨孤巖沒死。太好了，真的太好了……

「我救我自己愛的人，不關你的事，也不用你道謝！」陽聖晏氣呼呼地說。

奈亞提點頭，「說得也是。」

「你……你到底是誰？樹林裡的是什麼人？為什麼……為什麼要殺獨孤？你跟他們是一夥的對吧？你到底想做什麼？」

奈亞提想了一下，決定老實說：「其實一開始的時候，我是想要解剖他的。」

「什麼？」陽聖晏的眼睛幾乎要滾出眼眶。

看著那驚恐的表情，奈亞提苦笑。

這才是正常的地球人看到外星人應該有的反應，獨孤巖實在太奇葩了。

「不過我現在已經沒這個想法了，不用擔心。」

「不用擔心？你把獨孤耍得團團轉，然後勾結一群怪人加害他，我怎麼可能不擔心——嗚！」陽聖晏激動得扯動傷口，痛得齜牙咧嘴。「你要是真的還有良心的話，就離開他吧！你又不愛他！」

最後幾個字激怒了奈亞提，他直覺地想反駁，腦筋一轉，講了不同的話。

「不對吧？根據你的說法，如果我愛上他就會被他拋棄，不愛他反而可以大大方方待在他身邊，這樣不是更好？」

「你……你這人真是……」陽聖晏坐直了身體，氣急敗壞地說：「獨孤巖不該屬於任何人！他應該永遠站在高處被眾人仰望，沒有人可以得到他，更不該是你這種人得到他！」

奈亞提恍然大悟。

「你想說的是『不該是我以外的人得到他』吧？打從一開始，你就一直對我說些莫名其妙的話，為的就是哄我離開獨孤。你自己得不到獨孤，就見不得別人留在他身邊。太低級了吧？根據電視劇裡的說法，這就叫做『心機婊』哦。」

陽聖晏慘白的臉變得通紅。

「那又怎麼樣？不管獨孤怎麼羞辱我、冷落我，我都會一直愛著他。我只想默默地看著他，希望他不要被別人搶去，這點要求過分嗎？而且我也沒騙你，一旦你真的被他征服，下場就是跟我一樣！」

奈亞提感到一陣羞愧。他居然還為了這個人講的鬼話產生動搖，真是太沒出息了。

不，是因為他心裡本來就有陰影，才會被輕易挑撥。

然而現在陰影已經變淡，他看得更清楚了。

愛上一個人，確實會讓自己變得卑微可憐，但是他並不是自己一個人。獨孤巖一直在他身邊，他們一起經過的那些事情、度過的時光，都是有意義的。

所以他不該輸給陽聖晏，更不該輸給自己心裡的恐懼。

他忽然覺得好輕鬆，胸口的烏雲一掃而空，講話也流利多了。

「誰跟你一樣？別拿我跟你相提並論。據說你也曾經是個有為青年，跟獨孤志趣相投，還分享宇宙旅行的夢想。但你現在沒有夢想也沒有志向，滿腦子只想黏著獨孤。這才是獨孤跟你絕交的理由，因為你太無聊了，獨孤最討厭無聊的人。你才沒有被他征服，因為他根本不屑征服你。」

「你、你、你……」陽聖晏兩眼通紅、咬牙切齒卻說不出話來，只能拿起枕頭丟他，被奈亞提輕鬆閃過。「滾出去！」

「沒問題。在走之前我鄭重聲明，一開始是我綁架他，他是我的俘虜。不管是要放開他還是拴著他，都是我的權利，你沒有資格說話。從現在開始，不准你再纏著獨孤，否則你的下場會比今天更慘。」

說完，奈亞提像一個真正的戰士，抬頭挺胸走出醫院。

※

回到宅邸，直升機已經回到停機坪，被挖得滿目瘡痍的地面也恢復原狀，奇怪的是所有傭人都不見了，傭兵也不見蹤影。只有獨孤巖坐在大客廳裡，悠哉地喝著紅酒。

「其他人哪去了？」奈亞提問。

「傭兵去待命，沒有戰鬥力的人放假回家免得扯後腿。雖說這裡不是主戰場，還是要疏散一下，避免不必要的傷亡。」獨孤巖說：「合意的傭人可是很難找的。」

奈亞提心想，他應該是用自己的方法在保護身邊的人吧？看來獨孤巖並不是個不懂珍惜的人，只是態度讓人很火大。

「你呢？你去哪了？」

「我去醫院，威脅一個受重傷差點死掉的人。」

獨孤巖噗哧一笑。「夠缺德，我喜歡。」

他接著起身，「走吧。」

「去哪？」

「我說了，這裡不是主戰場。現在主角該正式登場了。」

直升機的目的地是——琥珀山莊。

不過現在山莊裡一顆琥珀也沒有，全被拿去做武器了。

山莊跟宅邸一樣，傭人全部疏散避難，只有手持武器的傭兵重重守衛著。

「這裡是主戰場？你怎麼知道阿薩托軍會來這裡？」

「因為我下了戰書啊。」

「什麼戰書？」奈亞提有種不妙的感覺。

「我破解了你的工作站，追蹤到亞弗臨時基地的位置，然後派無人機朝基地丟了顆大炸彈。」

「什麼？」奈亞提不禁提高了聲音。

「緊張什麼，根本沒炸到。」

阿薩托軍的據點都會張開防護罩，外力無法突破。

「不過呢，他們應該已經截到了從這裡傳到無人機的訊號，馬上就要衝過來了。我們換個視野好的地方，好好期待吧。」

奈亞提跟著獨孤巖，從書架後的隱藏電梯進入了神祕的高塔。

電梯來到頂樓，是一間挑高寬闊的研究室，四處都是螢幕和儀器。雖然不像奈亞提的工作站那麼先進，以地球的水準來說已經是頂級了。

研究室的正中央有一座高臺，臺上有一個巨大的錐狀物，高度約兩層樓，從頭到腳蓋著黑布，完全看不出是什麼。

「這就是你的祕密武器？」奈亞提問。

獨孤巖笑而不答。

研究室的兩面牆忽然左右分開，露出一扇巨大的窗戶。從窗口可以看到整座山谷，所以他們清楚地看見樹木間亮起一道道閃光，將穿著戰鬥服的阿薩托戰士傳送過來。

可能是基地被炸太生氣，阿薩托人這回傾巢而出，滿山遍野湧向山莊。然而走到離山莊還有幾百公尺的地方，他們卻一個個被炸飛倒地。

就像宅邸一樣，這裡的地下埋了地雷，裡面則放了加入琥珀粉末的火藥。

就在這時，山莊裡的傭兵們正式開火。他們的槍由阿薩托光槍仿造而來，每把上面都鑲入惡魔礦場的琥珀，殺傷力驚人，倒下的外星人越來越多。

上空盤旋的幾架無人機也不斷投下琥珀炸彈，阿薩托軍的隊型頓時大亂。然而阿薩托人也不是紙糊的，他們的還擊很快就把山莊外牆打得千瘡百孔，傭兵同樣死傷慘重。

沒多久，無人機也被打下來了。

「不太行呢，」獨孤巖說：「他們人太多了。」

「這種事你一開始就該知道了吧！」奈亞提氣得差點頭頂噴血。

然而獨孤巖仍然平靜地笑著，就像當初他被奈亞提抓去解剖的時候一樣。

奈亞提有種感覺——這次他大概也會贏吧？

獨孤巖對著擴音器，愉快地說：「歡迎各位外星來賓光臨琥珀山莊！因為今天傭人放假，沒辦法準備茶點，為了道歉，請大家欣賞一個有趣的東西。」

他的聲音引起了所有人的注意，隨即高塔的屋頂分開，房間中央的高臺上升，蓋住錐狀物的黑布逐漸落下，露出它的真面目：一尊巨大的雷射砲，外型有點像阿薩托母艦上的星球滅殛砲，只是體積比較小。

雷射砲完全升出塔外，砲管朝著天空，而它的尖端鑲著一顆閃閃發光的黃色寶石，像一顆邪惡的眼睛，睥睨著世界。

魔眼。

「這就是本研究室的最近成品，今天第一次啟用，名字就叫做『惡魔的指尖』。大家來猜猜看，惡魔的指尖指向哪裡呢？沒錯，就是你們的母艦。不用懷疑，我們公司的衛星早就找到你們母艦的位置了。現在就來發射看看吧。」

瞬間，整座「惡魔的指尖」開始發亮，魔眼內部也透出紅色的亮光，並隨即裂成碎片，從碎片中射出一道燦爛光芒，黃中帶紅，濃烈得像毀滅世界的天火，筆直沖上天空，消失在雲裡。

奈亞提看到很多阿薩托人，包括蘇克雷和幾個他認識的士兵，都露出不屑的笑容。

他們心裡想的自然是同一件事：母艦停得那麼遠，從地面上怎麼可能打得到？

「嗶嗶嗶──」

忽然，每個阿薩托人腰間的通訊器都發出刺耳的警報聲，表示母艦被擊中，毀損嚴重。

獨孤巖微笑地看著臉色大變的外星侵略者們，繼續說：「別擔心，打中的不是重要部位，修一修還是可以開。至於修船的費用，只好從各位的軍餉跟獎金裡面扣了。不過要是再中一彈，母艦可能就要報廢了哦。」

奈亞提疑問：「再中一彈？魔眼已經沒了啊。」但看到獨孤巖自信滿滿的笑容，他很快想通了，「魔眼不止一顆，對吧？」

「聰明的孩子。」

隨著獨孤巖的稱讚，從砲管內部又出現一顆魔眼，安置在惡魔的指尖上，囂張無比地指向天空。四周一片靜默，阿薩托人知道了他的本事，不敢再妄動。

「現在各位有什麼想法呢？如果母艦被打爆會很麻煩，對吧？不如各自退兵，化敵為友如何──開玩笑的，請你們絕對不要退兵，一定要繼續打。全地球除了我，還有誰可以一動手指就把外星船艦打下來？我現在興奮得快飛起來了，手指都在抖呢。真的，好想按下去啊。」

阿薩托軍忽然向兩旁分開，為一個人讓路——亞弗。

亞弗抬頭望著高塔，完全不用擴音器，就讓所有人清楚聽到他的聲音。

「原來地球人也可以做出這樣的武器，我們確實太小看你們了。但你是不是有點得意忘形了？你的惡魔指尖也許可以稍微破壞我們的母艦，但母艦上的滅殛砲可以輕鬆毀滅整個地球，你根本贏不了。」

「這樣不好吧，你們自己不是也在地球上嗎？」

「你擔心你自己吧。在砲火到達地面之前，我們就已經傳送離開了，問題是，你有那個本事嗎？」

「抱歉，我一生最大的夢想，就是看到外星人一砲炸掉地球，所以我老早就準備好逃生設施了。你們願意實現我的夢想，我真的是感激不盡。」

亞弗的表情變了，其他戰士也一臉「哪來的瘋子」的表情。

奈亞提非常瞭解他們的心情。

「皇太子，我看我們就不用廢話了。不如同時發砲，比比看哪邊先打中如何？如果兩邊都打中，就來比比看哪邊死人比較多……當然啦，應該是地球比較多。不過你們開著一艘破船在宇宙中流浪的畫面，也是挺有美感的。」

阿薩托軍大怒，人人朝著高塔破口大罵，亞弗一抬手，所有人立刻安靜下來。不過奈亞提看得出來，亞弗自己的火氣也快到頂了。

「總裁，我們暫時放下武器，心平氣和談一談吧。」

※

談判在半山腰的樹林中舉行，只有獨孤巖、奈亞提、亞弗和蘇克雷參加，其他人都站在一公里外。

另一個規則是雙方都必須交出武器，掛在旁邊的樹上。阿薩托人自然是交出槍和傳送器，獨孤巖則是發射器。

獨孤巖正準備將發射器吊上樹，經過奈亞提身邊時，聽到他低聲說：「戒指……他的戒指……不行。」

獨孤巖立刻明白了，轉頭對著亞弗高聲說：「皇太子，您手上那枚戒指是不是也可以拿下來呢？看起來殺傷力很強呢。」

奈亞提不止一次看過亞弗的戒指射出光箭，把敵人一箭穿心，實在沒辦法不吭聲。這樣公然出賣亞弗，他自己也很不好受。只是心裡的天秤已經倒向一方，再也轉不回來。

「奈亞提你這叛徒，居然洩漏殿下的機密！」蘇克雷朝著奈亞提大罵，亞弗阻止他，拔下了戒指。

「抱歉，是我忽略了。王族為了防刺客，身上的小道具太多，容易忘記。」談判開始。亞弗先開口。

「我上次挨了你一槍，傷口到現在還沒完全復原。走過半個銀河系，第一次遇到你這樣強大的對手，覺得很愉快。不如你幫助我們征服地球，我封你當地球總督，如何？」

獨孤巖挑眉。「不好意思，現在地球上一百多個國家，有十幾個元首需要我的金援，二十幾個政府急著買我的武器，還有數不清的政客把柄在我手上。我現在的地位比總督高多了，憑什麼要屈居你之下？不如我稱王，你當總督，如何？」

亞弗再度阻止蘇克雷暴走，冷冷地說：「這就是你要的嗎？」

「不，我要你們全部上船，走得遠遠地別再回來。我也不是什麼地球防衛軍總司令，本來就沒有特別想要保護地球。但是你們一出現，奈亞提心情就變差，實在很礙眼。所以我改變主意了，地球是屬於我跟奈亞提的，你們給我滾遠一點。」

地球是他和奈亞提相遇的地方，也是他們下棋、看流星雨、看煙火的地方，所有難忘的爭吵與和解，還有痛快的歡愛都在這裡，所以他要保護到底。

亞弗額上青筋微微跳動。「你不是要征服宇宙嗎？氣量這麼狹小，只怕連火星都征服不了。」

「我們公司的火星探測機已經登陸過了，不勞你費心。而且對我來說，得到奈亞提跟征服宇宙是同樣等級的事情。」

奈亞提會提醒他小心亞弗的戒指，就表示選擇了他。這是他人生中最大的勝利，他不再需要飛到宇宙去尋找心靈的滿足。

看到蘇克雷的臉整個扭曲，亞弗也氣得臉色發青，奈亞提恨不得鑽進地底。然而無從改變的事情，也無從悔恨，他只能認了。

亞弗緩緩地說：「謝謝你跟我分享這麼多，那我也分享一些事吧。首先，阿薩托戰士絕對不撤退。第二，我們絕對不放過叛徒，第三，王族身上的小道具不只一件。」

獨孤巖立刻警覺，飛快閃避，卻已經來不及了，亞弗胸口的徽章射出一根毒針，正中他手臂。獨孤巖悶哼一聲，當場吐血，雙眼也流出血來。

「獨孤！」

奈亞提不及細想，一把抓住獨孤巖後領，使勁一躍，飛快地衝出樹林。

「快追！肅清叛徒！」

蘇克雷發狂地大叫，一群人緊追著奈亞提。

眼看著快要被追上，奈亞提轉身面對追兵，按下獨孤巖上衣後領的控制器，藏在釦子裡的閃光彈立刻炸開，放出讓所有阿薩托人眼盲的白光。追兵的腳步停了下來，奈亞提趁這機會繼續逃跑。

他一路衝回高塔上的研究室，用繩子綁住獨孤巖的手臂，再割開傷口放血，試著減緩毒素進入心臟的速度。

「在哪裡，到底在哪裡？」

亞弗用的毒針他用過，工作站裡也有解藥，問題是工作站被解體，他不知道解藥被收在哪裡。他在研究室裡瘋狂翻找著，就是找不到。

宅邸裡響起猛烈的交火聲，追兵追來了。

奈亞提聽到阿薩托人的腳步聲越來越近，一咬牙，緊抱著獨孤巖跳下了山崖。蘇克雷帶著幾個部下擺脫獨孤家傭兵的火力，衝上了塔頂，剛好看到奈亞提帶著獨孤巖跳崖。

他沒心情去追，指著「惡魔的指尖」下令：「把那個毀掉！」

不幸的是，獨孤巖早在牆壁裡裝了感應器，一旦有他自己和奈亞提以外的人進入研究室，立刻引爆炸彈。

只聽得轟然巨響，研究室裡瀰漫著火藥與琥珀碎片。

蘇克雷全身上下被插了幾十片琥珀碎片，倒在地上動彈不得，部下們也大半失去行動能力。

※

這處山凹就是上次兩人躲雨的地方，奈亞提緊抱著垂死的獨孤巖，一籌莫展。

他悔恨不已。為什麼沒想到亞弗的徽章也是武器！

這時忽然身旁風響，奈亞提一抬頭，只見亞弗已經逼近他身邊，手上拿著獨孤巖掛在樹上的發射器。他飛快地護在獨孤巖身前。

「殿下……」

「你變得真多，奈亞提。」

「對不起。」

亞弗輕輕一捏，把手上的發射器捏成碎片。

「他已經沒有任何勝算了，你還要護著他？我是怎麼教你的？」

「絕對不和敗者為伍。」奈亞提低聲說。

「沒錯。現在還來得及，把他交出來，我可以再給你一次機會。你難道不想回到阿薩托嗎？」

奈亞提全身顫抖，再也壓不住心中的疑問。

「您是我的父親嗎？」

「什麼？」

「是您把我母親藏起來讓她生下我，再把我丟在寢宮旁藉機收養我嗎？」

他以為亞弗會一口否認，但皇太子沉默著，久久才開口。

「……我實在受不了了。」

「咦？」受不了？什麼意思？受不了什麼？

「每隔一陣子，就會有保姆牽著一個孩子過來，對著我叫『父親大人』，但我一點也沒有為人父的感覺。從培養槽裡出生，連抱都沒有抱過的孩子，卻有資格繼承我，我一想到就反胃。所以我越來越要想知道，撫養一個交配生下來的孩子是什麼感覺。」

奈亞提聽到體內傳來崩塌的聲音。長久以來他深深信仰、膜拜的一切，至此全部破滅。

亞弗在他面前蹲下。「事實證明，你果然不一樣。對我而言，只有你是我的兒子。」

「但是你卻不認我？任憑我天天被人恥笑是野合之子，你卻什麼都不說？」

「我不能說啊。我一說出來你就會沒命，而我會被剝奪皇太子的資格。」

「你至少可以私底下告訴我，讓我知道我不是沒人要的棄嬰吧？」奈亞提淚流滿面，「我……拚死拚活，沾了滿手鮮血，只為了讓你不會後悔撿了我。結果……結果你只是在利用我嗎？撿來的棄嬰比親兒子聽話好用，是嗎？」

亞弗臉色一陣青一陣白。

「不是這樣。我一直在等可以光明正大承認你的時機，這次遠征為的就是這個。你不知道吧？遠征真正的目的是為了遠離阿薩托，然後找一個適合的地方做我的根據地，建立新的帝國對抗阿薩托。」

所以他不能使用滅殛砲，地球的一切資源都很重要。

「等拿下地球，你就是名正言順的皇太子，再也沒人敢看不起你了。這個地球是屬於我們父子兩個的，我們可以在這裡活得更自在。這一切都為了你啊！」

「你只是受不了你父親而已吧。」

亞弗與皇帝哈斯特不合已久，極有可能被拔掉皇太子的頭銜，他才自願領軍出征，順便找機會叛變。

「你說這是什麼話？你不停幫地球人反抗我，我一直原諒你，這樣還不夠嗎？如果你不是我兒子，我早殺掉你了！」

奈亞提問了另一個問題。「我的母親呢？」

「什麼？」
「生下我的女人在哪裡？」
亞弗不屑地輕笑。
「管她做什麼？她根本不想要你。她說太危險，一直想辦法要拿掉你，所以……」
奈亞提全身冰冷，想到了答案，「所以你把她關起來，強迫她生產，等生完就殺了她。」
「我不能留著她，太危險了。」
「……你真是全天下父親的典範啊！」奈亞提苦澀地說。
「不要再說了，我們快點回去吧。」
奈亞提低聲說：「對不起，殿下，其實你毀掉的不是真正的發射器。」
「什麼？」
「發射器在這裡。」
在陽聖文事件之後，奈亞提就知道，獨孤巖最愛用的控制器是他的手錶。
他在獨孤巖的手錶上一按，瞬間整座山開始震動，金紅色的光柱從惡魔的指尖射出，直衝天際。不久，阿薩托軍所有人的通訊器都淒厲地叫了起來。

「奈—亞—提！」亞弗氣得雙眼暴凸。

「殺了我吧。如果我活著，我一定告訴所有阿薩托人我是你兒子，我還會向母星報告你打算叛變。你不能留著我，太危險了。」

亞弗咬牙切齒，手抖個不停。他得趕快回去母艦，盡快檢查損壞狀況和修理。但是在那之前，他得先扭斷這叛徒的脖子。只要伸手就行了，只要一伸手，就可以除掉他一生的恥辱，但也是他的骨肉……

最後，皇太子緩緩搖頭。

「我不殺你。我要讓你獨自留在這個沒有親人朋友的地方，永遠哀悼你救不了的人。」

他開啟傳送器，離開了。回到損壞將近百分之七十的母艦，部下們正在忙著搶救重要設備跟資料。

畢竟都是身經百戰的戰士，還不至於驚慌失措，但是母艦被打壞是幾百年來頭一遭，人人臉上都是又驚又怒，顯然受到不小的精神創傷。

正在混亂的時候，阿薩托星又傳來更驚人的消息：皇帝哈斯特駕崩了。

亞弗有生以來，第一次感覺到肩上的擔子重得無法承受。

他本來打算重整軍隊之後，放棄原本的迂迴戰術，豁出去一口氣把地球打下來。但是一聽到這消息，亞弗決定立刻回故鄉控制局勢，繼承本來就該歸他的皇位。

要是回去得太晚，被其他野心家搶走，那就真的虧大了。

他回頭看著螢幕上那顆讓他吃大虧的星球，還有那個讓他痛心疾首的人。

他不會原諒奈亞提，絕對不會，但是他卻狠不下心來殺掉這叛徒。

這就是所謂的父子天性嗎？

不止。

他此刻的心情，除了錯愕、憤怒、傷痛，竟還有一絲羨慕。

奈亞提變了。

亞弗可以感受到，他身上有種強大的力量，那力量支撐著奈亞提的意志，把他和獨孤巖緊緊相繫，也和地球緊緊相連。那是亞弗從來不瞭解的力量。

就像他當年渴望擁有一個交配生出的孩子一樣，他現在也渴望瞭解那股改變奈亞提的力量。

但他現在只能撤退。面對著奈亞提，他什麼也不能做。

先這樣吧。總有一天，他會放下這心中無謂的波瀾，和多餘的牽絆，到時他就會再來，讓奈亞提和地球好看。

總有一天……

※

奈亞提看著獨孤巖。他的臉上沾滿血還有大片瘀青。呼吸微弱，身體越來越冰冷。

沒有關係，沒有關係。奈亞提的眼淚無聲滑下，嘴裡喃喃自語，沒有關係。反正他也會跟獨孤巖一起走的。

他已經決定了，絕對不要活在沒有獨孤巖的世界。

雖然以他的體質，要在地球上自殺有點困難，但他一定會想出辦法的。

就像獨孤巖說的，要好好思考。

現在要做的只剩一件事。他俯下身，深深地吻上獨孤巖的冰涼的唇。

「我愛你。」

說出這句讓他最害怕的話之後，奈亞提又繼續吻下去，把自己所有的思念和依戀，全部包含在這個吻裡，向他愛的人傾訴。

他忽然全身一震，感覺到獨孤巖在回吻他。接著一隻手按住他後腦，加深了這個吻。

「嗚！」

奈亞提被這個吻驚得不知所措，不過獨孤巖體力不足，很快地放開了他，然後一邊喘息著緩緩坐起。

「你……怎麼會……」奈亞提一時搞不清楚狀況。

阿薩托毒針的毒是不可能自動解毒的。奈亞提再次感受到獨孤巖的可怕，所有的常識到他身上幾乎通通不適用。

獨孤巖雖然因為失血過多，臉色很難看，但眼睛和口鼻已經停止流血，臉上可怕的瘀青也逐漸變淡。

「我……我在你工作站裡發現毒針，還有解藥。」他講話還有些虛弱，「解藥不合地球人的體質，我只好、試著改變配方。我在談判之前就先吃了，以防萬一。沒想到，新的配方生效這麼慢，差點真的死掉……」

奈亞提頓時全身癱軟。巨大的壓力一旦消失，反而一時使不出力氣。他只能不停流淚，連話都說不清楚。

「你……你……你這白痴！白痴……」

他氣得動手想揍獨孤巖，但手卻只能輕輕放在獨孤巖肩上，再也抬不起來。

「奈亞提、奈亞提……」獨孤巖輕撫他的臉，「別哭。」

他用所剩不多的力氣，將奈亞提緊抱入懷。

「不好意思，沒先跟你說。不過你要知道，我是絕對不會丟下我最愛的人先死的。絕對不會。」

奈亞提注意到一件事：獨孤巖現在會好好地呼喚他的名字，而不是用那個讓他很不爽的外號「阿奈」。

「相信我吧。」

奈亞提哭得太慘，說不出話，只能在心裡默默地回答。

——我相信你。

※

不久後，他們被到處搜索的傭兵找到，送上了直升機準備送醫。
獨孤巖躺在擔架上，忽然想到一件事：「我剛剛在昏迷的時候，好像聽到你說你愛我？」
本以為奈亞提會矢口否認，他卻回答：「對啊，怎麼了？」
獨孤巖有生以來第一次目瞪口呆。
「等等，你真的是奈亞提嗎？」
奈亞提哼了一聲。
「好吧，那我換個說法。」
他俯身在獨孤巖脣上狠狠地一吻——
「我愛你。要是你敢背叛我，我就殺了你。」
這就是阿薩托戰士愛人的方法，也是最適合他們兩個的方法。
獨孤巖呆了兩秒，隨即臉上漾出絕美的微笑。

「好哦。」

直升機飛上天空，載著兩個愛情的侵略者騰空而去。

藍月小說系列

霸道總裁的宇宙侵略法

作　　者／Killer
執 行 長／陳君平
榮譽發行人／黃鎮隆

出　　版／城邦文化事業股份有限公司 尖端出版
台北市中山區民生東路 2 段 141 號 10 樓
電話：(02) 2500-7600
傳真：(02) 2500-2683
E-mail：7novels@mail2.spp.com.tw
發　　行／英屬蓋曼群島商家庭傳媒股份有限公司城邦分公司　尖端出版
台北市中山區民生東路 2 段 141 號 10 樓
電話：(02) 2500-7600（代表號）
傳真：(02) 2500-1979
中彰投以北經銷／楨彥有限公司（含宜花東）
電話：(02) 8919-3369　傳真：(02) 8914-5524
雲嘉以南／智豐圖書有限公司
（嘉義公司）電話：(05) 233-3852　傳真：(05) 233-3863
（高雄公司）電話：(07) 373-0079　傳真：(07) 373-0087
一代匯集／香港九龍旺角塘尾道 64 號龍駒企業大廈 10 樓 B&D 室
電話：(852) 2783-8102　傳真：(852) 2582-1529
E-mail：hkcite@biznetvigator.com
新馬經銷／城邦（馬新）出版集團 Cite (M) Sdn. Bhd.
E-mail：cite@cite.com.my
法律顧問／王子文律師　元禾法律事務所
台北市羅斯福路 3 段 317 號 15 樓

2022 年 10 月 1 版 1 刷

郵購注意事項：
1.填妥劃撥單資料：帳號：50003021戶名：英屬蓋曼群島商家庭傳媒(股)公司城邦分公司。2.通信欄內註明訂購書名與冊數。3.劃撥金額低於500元，請加附掛號郵資50元。如劃撥日起 10～14日，仍未收到書時，請洽劃撥組。劃撥專線TEL：(03)312-4212 ・ FAX：(03)322-4621。E-mail：marketing@spp.com.tw

國家圖書館出版品預行編目資料

霸道總裁的宇宙侵略法 / Killer 作 . -- 一版 . -- 臺北市：城邦文化事業股份有限公司尖端出版：英屬蓋曼群島商家庭傳媒股份有限公司城邦分公司尖端出版發行，2022.10

面；　公分

ISBN 978-626-338-476-7（平裝）

863.57　　　111013301